Heidi Knoblich

Tanz auf dem Wind

Ignaz Blasius Bruder,
Drehorgelmacher zu Waldkirch
Ein biografischer Roman

Kaufmann Verlag

Quellen

Handbuch der Orgelbaukunst von Ignaz Blasius Bruder
Aus der Urhandschrift original übertragen von Prof. Hermann Brommer, hrsg. von der Waldkircher Orgelstiftung
Figuren-Drehorgeln von Ignaz Bruder und seinen Nachkommen,
Dr. Herbert Jüttemann, hrsg. von der Waldkircher Orgelstiftung
Waldkircher Dreh- und Jahrmarkt-Orgeln,
Dr. Herbert Jüttemann, Waldkircher Verlag
Ignaz Blasius Bruder
Schwarzwälder Drehorgelbau seit 1806, Dr. Herbert Jüttemann, hrsg. vom Badischen Landesmuseum, Karlsruhe
Die Orgelbauerfamilie Bruder,
Valesca Heizmann, hrsg. von der Waldkircher Orgelstiftung
Die Reise ins Uhrenland,
Berthold Schaaf, G. Braun Buchverlag, Karlsruhe

Bibliografische Information Der Deutschen Bibliothek

Die Deutsche Bibliothek verzeichnet diese Publikation in der Deutschen Nationalbibliografie; detaillierte bibliografische Daten sind im Internet über http://dnb.ddb.de abrufbar.

1. Auflage 2007

Printed in Germany
Umschlaggestaltung: Stefan Heß und Rolf Zilling unter Verwendung eines Portraits Ignaz Blasius Bruder im 47. Lebensjahr 1827, Ölmalerei Lukas Kirner, aufbewahrt im Elztalmuseum Stadt Waldkirch
Hergestellt bei Freiburger Graphische Betriebe, Freiburg
ISBN 978-3-7806-7243-8

Heidi Knoblich

Tanz auf dem Wind

Er sagte, er werde sie auf dem Wind tanzen lassen.
In einem roten Kleid.

Prolog

Ignaz Blasius Bruder war müde geworden und betrat seit Wochen nur noch selten die Werkstatt. Sie war gestern den ganzen tristen, finsteren und lautlosen Tag, an dem die Wolken erdrückend tief am Himmel hingen, nicht von seiner Seite gewichen. Der Tod ist ein einfacher Mann, der nicht lange anklopft.

Des Lebens Elend, pflegte er mit einem bitteren Lächeln zu sagen, dauere nur zwei Tage: einen Tag, das Herz an dies und das zu binden, einen Tag, das Herz von dem und dem zu trennen. Es waren die Worte der Pomeranzenhändler. Noch vor den Schwalben kamen sie mit den Schaustellern und Gauklern aus dem Süden Italiens, oft im Gefolge der Savoyarden, Musikanten und Komödianten aus dem Welschland beim Genfer See. Sie trugen dunkle Hüte mit breiten Krempen, in denen sie ihren Verdienst einsammelten, und zogen braun gebrannt, den Schmutz der Landstraßen im Gesicht und an den Händen, auf klappernden Holzschuhen den Oberrhein entlang, dem Norden zu.

Waldkirch lag direkt auf ihrem Weg. Sie setzten Hände und Füße ein, um mit ihm zu verhandeln, und in ihren fremdländischen Wörtern lag Musik. Einige von ihnen traten mit Äffchen auf, kaum größer als eine Hand und nach Art der feinen Leute gekleidet, die allerlei Possen ausführten, manchmal wie ein Soldat grüßten oder den Leuten, die herbeigelaufen kamen, den Vogel zeigten.

Sie ließen Träume zurück und schwangere Witwen.

Und einer, sie nannten ihn den Bärenführer, führte einen Bären an der Leine, der zur Verwunderung aller Herbeigelaufenen vor seiner Werkstatt schwerfällig zur Musik seiner Orgel tanzte.

Sie ließen die Walzen reparieren oder die gerade in Mode gekommenen Melodien aufnageln. Sie begutachteten die im Herbst bei ihm in Auftrag gegebenen, in das Holz von Nuss- und Kirschbaum und Tanne eingebauten Orgelwerke, in die er oben auf der Vorderseite eine kleine Bühne in Form eines Ballsaales eingelassen hatte. Hier drehten sich vor mit Gold verzierten Spiegeln Fürst Metternich und andere bedeutende Figuren des Wiener Kongresses im Dreivierteltakt des bei diesen Festen aufgekommenen Wiener Walzers, führten sogar das bei diesem Tanz gelobte Heben und Schweben aus. Sie alle drehten sich zu der Musik seiner Walze. Manchmal schlug ein bunt doch spärlich gekleideter afrikanischer Stammeshäuptling die Trommel oder eine Frau ihren auf Knien flehenden Mann.

Bei allem Feilschen und Lamentieren wussten sie alle doch, dass sie auf ihrem ganzen langen Weg den Rhein hinunter, bis zur rauen Nordsee, nicht einen finden würden, der ihnen diese kostbaren Musikwerke würde anfertigen können – Musikwerke wie die Bärenführerorgel mit dem Stehgeiger im Frack, der im Takt der Musik seinen Bogen strich, und mit dem Napoleonischen Offizier in seiner blauen Uniformjacke und dem Säbel an der Seite, der seinen rechten Arm bewegte, um die Stellung des Feindes anzugeben. Und mit der Frau, die vorgab, virtuos die Orgel, die Königin aller Instrumente, zu spielen. Siebzehn Tanzpaare drehten sich zu elf verschiedenen Musikstücken.

Der Bärenführer hätte dieses Instrument, das in rotem Elsbeerholz glänzte, damals um jeden Preis gekauft. Auf seinem Rückweg in den Süden war er im späten Herbst mit einem Sack voll Geld über Köln, Frankfurt und Mannheim zurückgekommen, hatte heischend an das Werkstattfenster geklopft und dem Maestro das Geld mit zittrigen Fingern abgezählt auf die Werkbank gelegt. Seither stand er Jahr für Jahr vor der Türe, an der einen Hand den Bären am Lederband. Mit der anderen streichelte er seine Orgel, die er nur zum Schlafen abnahm, er streichelte sie mit schmutzigen Händen wie eine Geliebte und sagte, dass sie ihn zur Attraktion mache, wohin er seinen Fuß setze. Denn Frauen, so war seines Lebens Weisheit, liebten Musik und Tanz.

Der Duft ihrer mitgebrachten Pomeranzen, Orangen und Zitronen vermischte sich immer mit dem Holzgeruch der Werkstatt und hinterließ in ihr noch lange eine ziehende Sehnsucht nach dem unbekannten Süden, dessen Licht und bunten seidenen Stoffen und Bändern, die sie manchmal mit ihren Zitrusfrüchten anboten, Stoffe aus Mailand oder Lyon.

Sie war die Tochter des Schneidermeisters Mathias Disch und der Genofev Facklerin aus Untersimonswald, und sie wusste, dass Seide, so leicht und zart und kühl sie auch war, beim Nähen gerne aus den Händen glitt und auch nach spitzeren, feineren Nadeln verlangte. Seide hatte in Untersimonswald niemand getragen, nicht einmal die hochwohllöblichen Töchter des betuchten Ochsenwirts, und so hatte sie sich eben die Finger an dem dunklen, derben, rauen Bauernzwillich blutig gestochen, den sie gewöhnlich beim Krämer kaufte.

Es war wieder März geworden. Doch der erste verhaltene laue Lufthauch, der sonst den Fremdlingen aus dem Süden voraus zog, blieb aus.

Die Treppenstufen des herrschaftlichen Gebäudes des Amtsrevisorats gegenüber, die fast bis zur Unkenntlichkeit eingemummten Leute, die sie nur an Haltung und Gang erkennen konnte, und alles, was sie gestern von dem Fenster, das zum ehemaligen Klostergebäude hinausging, hatte sehen können, war mit einer Schneeschicht bedeckt, die dicker und dicker wurde. Hin und wieder ließ der Wind plötzlich für einen Augenblick nach, setzte aber gleich darauf wieder mit solcher Kraft ein, dass es unmöglich schien, sich ihm entgegenzustemmen.

Es war nicht bequem auf der Chaiselongue, aber hier, in der Stube, stand der einzige Ofen, den sie zu dieser Zeit noch heizten. Sie verbrachte die kalte Nacht damit, Ignaz schweigend im Licht der rußenden Kerzen beim Schlafen und dann wieder beim Sinnieren zu betrachten, wie sie es all die Jahre getan hatte.

Die Mandelmakronen, die er in süßen italienischen Wein zu tunken pflegte, lagen unberührt.

„Wo hast du Karls Brief hingelegt?" Er versuchte sich aufzusetzen. „Karl hat geschrieben! Aus Sankt Petersburg!"

„Du hast geträumt!“, sagte sie besorgt und fuhr ihm mit den Fingern durchs Haar. „Es ist kein Brief gekommen!“

Karl und seine Frau hatten dreihundertfünfzig Gulden in ihrem Reisegepäck, als sie im Herbst Waldkirch verließen. Viele Auseinandersetzungen zwischen Vater und Sohn waren dieser langen Reise vorangegangen. Karl war anders als seine vier Brüder. Er teilte deren Geschäftssinn nicht. Ihm fehlte der Unternehmergeist, der den Vater so vorangetrieben hatte, der Armut zu entfliehen. Denn Armut, wusste er seit frühester Kindheit, verbiegt dich, macht dich klein, trennt dich vom Leben.

Entgegen der Tradition hatte er, noch bevor sie sich auf ihren Ruhesitz hier, nur ein paar Straßen weiter, zurückgezogen hatten, dem ältesten Sohn Andreas sein ganzes Imperium vermacht. Demjenigen, der zuerst nicht bereit gewesen war, mit ihnen nach Waldkirch zu ziehen und es vorgezogen hatte, in der väterlichen Werkstatt in Altsimonswald seine eigenen Wege zu gehen.

„Keine hat Arme wie du“, hörte sie ihn sagen. Er meinte rundlich, in geschwungenen Linien, weich, warm, umsorgend, so wie er es liebte. Es klang wie ein Flüstern. Sie hatte ihre Arme immer gehasst, umso mehr drangen diese Worte wie schwerer Wein in ihr Innerstes, in ihren Kopf, in ihr Herz. Dann spürte sie seinen warmen Atem an ihrem Arm, der vom wollenen Schultertuch entblößt war. Spürte seine Nase in ihrer nackten Achselhöhle nach dem Duft suchend, den er ihren Wohlgeruch nannte, Muskat, der Duft, der sie, wie er sagte, von allen anderen Frauen unterscheide.

Das plötzliche Kratzen seiner weißen Bartstoppeln, dieses vertraute Gefühl, ließ sie kurz schaudern, strömte durch ihren ganzen Körper. Sie alte Frau warf mit einem kehligen Lachen den Kopf zurück und zog, wie man ein fröstelndes Kind in eine warme Küche zieht, ihren Mann näher zu sich heran.

Und dann, sie meinte, das Herz müsse ihr mit einem Satz zum Hals herausspringen, von einem Atemzug auf den nächsten, Schlag sieben früh am Morgen, knickte sein Kopf zur Seite, als gehöre er gar nicht zum Körper. Schlag sieben, sie konnte es schwören.

Ein Uhrmacher wisse, wann die Stunde schlage, das war seine Rede seit sie ihn kannte. Er war einer, der es verstand, Flötenuhren zu bauen, mechanische Uhren mit einer kleinen Walze kombiniert, Kunstwerke, bei denen zu vorgegebener Zeit Glockenspiele erklangen oder feinste Musik, von einer Stiftwalze gesteuert, nach deren Rhythmus in einem Vogelkäfig ein Vogel auf der Stange den Kopf hin und her bewegte, mit dem Schwanz wippte und dabei den Schnabel zum Singen öffnete. Oder nach deren Melodie der dicke Knödelfresser die Zuschauer in Staunen versetzte, indem er sich bei jedem Stundenschlag so viele Knödel einverleibte, wie die Uhr geschlagen hatte – mechanische Meisterleistungen. Viele, die sich daran versucht hatten, waren im Narrenhaus geendet.

Langsam schwand seine Seele, während sie ihn fassungslos in den Armen hielt und den Schnee still in den dunklen Morgen fallen hörte, und still fiel er, als würde sich das Ende senken auf sie, auf die ganze Welt. Und die Welt und sie hatten auf einen Schlag ihre Musik verloren. Nur die Uhr ging ihren gewohnten Weg weiter, unablässig. Scheinheilig, als würde die Welt sich weiter drehen.

Wie hatte sie es als Kind gehasst, dieses Ticken, das ihr auf die Sekunde die vergangene Stunde aufrechnete, die Zeit, die ihre Kinder, einmal zur Welt gebracht, früher oder später wieder vernichtete.

Sie schrie laut auf. Der Tod und die Liebe waren doch untrennbar. Mit dem Handrücken fuhr sie sich über die Stirn. Ihr Atem ging stoßweise, alles in ihr krampfte sich zusammen.

„Es sind schon andere ehrbare Männer mit zerrissenem Rock und gebrochenem Herzen ins Grab gestiegen“, würden sich bald die Leute hinter vorgehaltener Hand zuraunen und damit auf seinen finanziellen Fehlschlag anspielen.

Die Trauerrede des Bürgermeisters würde sich in die Länge ziehen wie eine Strickmütze, in die man einen Stein legt, und der Pfarrer würde mit salbungsvollen Worten in Erinnerung rufen, dass wir nur Gast auf Erden seien.

Ihr wurde kurz schwarz vor Augen. Es war bestimmt ein Fehler, jetzt sein Gesicht anzufassen, doch ihre Hände machten sich wie von selbst auf den Weg. Fuhren zittrig über die Stirn, fühlten die Schweißperlen, strichen über seine dunklen, buschigen Augenbrauen, tasteten dann seine Jochbeine ab, die Nase, seine Lippen, sein markantes Kinn, alles mit geschlossenen Augen. Wie ein Blinder, der jemanden identifizieren möchte. Und dann fuhr sie, einmal noch, langsam mit beiden Händen, seinen Körper hinunter, spürte durch den kalten Stoff seines Nachthemdes alles, was sie nackt so gut kannte.

Er hatte sie geliebt für ihre geschickten Hände. Sie sah ihre Hände an. Weiße Hände, sie musste sich nicht wie die Bäuerinnen in der Sonne abrackern. Etwas knochig waren sie geworden. Altfrauenhände, was wollte sie, sie war sechzig, doch mit jenen stumpfen Fingerkuppen, die mehr noch als für den Umgang mit Nadel und Faden für Berührungen begabter sind als spitze. Wie es zuvor ihre Hände taten, tastete nun ihr Blick den leblosen Körper in ihren Armen ab, die Stirn, den Nasenrücken, die Lippen, den Hals hinunter zur Brust, zu seinem Bauch. Er saß gern mit halb geschlossenen Augen und über dem Bauch verschränkten Armen da. Sah sie nicht an und schwieg auf eine so seltsame, blicklose Weise, als hörte er gar nicht zu. Oder als habe er das alles schon sehr oft gehört. Als wisse er, was sie sagte. Und hörte doch gut zu, mit seinem merkwürdigen, in sich selbst ruhenden Wesen. Sein Gesicht war wie das eines Menschen, der alles wusste, alles, was die anderen erzählen mochten von dem, was sie plagte, und der darüber hinaus noch etwas wusste, das man nicht sagen konnte. Unglaubliche Zärtlichkeit stieg in ihr hoch. Ihr Blick blieb an seinen Lenden hängen.

Sie würde seinen Sarg nicht anschauen können. Nein, das würde sie nicht aushalten. Als ihr Vater gestorben war, wollte sie hingehen und den Deckel aufreißen, weil sie es nicht glauben konnte, dass er da drin liegen sollte.

In Gedanken sah sie den Vater wieder mit verschränkten Beinen auf dem großen, abgeschafften

Tisch zwischen Garnspulen, Elle, Nadelkissen und Stoffballen in der Schneiderwerkstatt sitzen, sah ihn den Faden flink über seine ganze Länge durch das Nadelöhr aufziehen und verknoten, als er sagte – und er sah sie an dabei –: Der Herr Orgelmacher sei ein Schlauer. Der Ignaz Blasius Bruder, der Musikmann, der über Berge und Täler Gereiste, der Tüftler, der Fabrikant, der Geschäftsmann, sorge mit einer Alten vor, er habe Kinder genug. Fünfzehn, wenn er auch diejenigen mitzähle, die bei oder kurz nach der Geburt gestorben sind. Dabei hatte er mit einem süffisanten Lächeln seinen Kopf hin und her gewiegt, der Vater. Er hätte es damals besser wissen müssen.

Es machte ihr große Mühe, aufzustehen, doch sie kniete sich auf den Boden und legte ihre Brust auf den Leichnam, die Arme angewinkelt neben ihrem Kopf. Sie würde den Ehering nicht von seinem Finger nehmen und als Witwenring neben den ihren stecken. Ihre Liebe ging über den Tod hinaus, und zwei Ringe an einem Finger, so hatte die Mutter immer gesagt, zögen das Unglück an. Sie schlang ihre Arme um seinen Hals, wie sie es immer getan hatte, all die Jahre hindurch. Immer ließ er sie spüren, mit ihm die ganze Welt zu umarmen. Hatte sie damit zu einem Teil von dieser Welt gemacht, die für sie vorher nur aus Untersimonswald bestanden hatte.

Ihr war fiebrig, ihr Hals trocken. Die Tränen brannten im Gesicht. Hier einfach einzuschlafen wäre schön. Doch die Kirchenglocken würden sie bald wieder einholen. Jemand griff in ihre Brust, nach ihrem Herzen. Wieder schrie sie laut auf.

Erst als an die Tür geschlagen wurde, verstummte sie, als habe jemand ihre Stimme abgestellt. Sie lauschte. Würde sie zusehen müssen, wenn ihn der Leichenbeschauer auszog, wenn er den Leichnam untersuchte? Wenn er aus der Tasche irgendwelche Instrumente auspackte und sich damit an seinem Körper zu schaffen machte? Sie blieb still. Lauschte den Schritten nach, die zur Tür gekommen waren, hörte dort Stimmen. Es klopfte wieder. Sie stützte die Hände auf die Schenkel und stemmte sich hoch. Ihre Schritte, sonst kurz und entschieden, waren die einer Schlafwandlerin. Sie zog ihr wollenes Tuch eng um ihre nackten, weißen Arme. Ein kurzer Blick in den Spiegel noch, bevor sie die Türe öffnen würde. Ihre Augen starrten fiebrig, glasig. Sie stützte sich an der Kommode ab, fuhr sich verwirrt und mit beiden Händen über ihr heißes Gesicht, über rote Flecken, ordnete ihr aufgestecktes Haar, schob einige ihrer immer noch dunklen Locken zurück an ihren Platz. Sie versuchte, sich zu straffen, als sie die Türklinke drückte.

„Vater!“ In drei Schritten war Andreas bei dem leblosen Körper auf der Chaiselongue, suchte bestürzt nach seinem Pulsschlag am Hals, um sie gleich darauf mit einem vorwurfsvollen Blick zu bestrafen.

„Du hast den Arzt nicht gerufen“, sagte er. Sie stierte, als höre sie nicht, was er sagte, auf das Bild an der gegenüberliegenden Wand zwischen den beiden großen Fenstern zum herrschaftlichen Gebäude, wo sie schemenhaft den Amtsdiener Schnee von den Treppen schaufeln sah. Sie trat einen Schritt zurück und ließ das Bild nicht aus den Augen. Ihr Mann, gemalt von Lukas Kirner. Sein Portrait. Das mit dem Reduktionszirkel in der Hand. Sie schrie so laut auf, dass nun auch das Dienstmädchen herbeigeeilt kam, einen der Gesellen im Gefolge. Keine halbe Stunde mehr und die Nachricht, dass es Gott, dem Herrn, gefallen habe, Ignaz Blasius Bruder im Alter von fünfundsechzig Jahren mitten aus einem schaffensreichen und erfüllten Leben zu sich rufen, würde wie ein Lauffeuer durch das Städtchen eilen.

„Ich lasse jemanden von der Sperrkommission kommen, der die Zimmer absperrt", hörte sie Andreas wie von weit her sagen. „Damit keiner etwas wegnehmen kann, bevor der Nachlass geregelt ist."

Diese Hände, mein Gott, diese Hände! Sie schluchzte. Nie zuvor hatte sie so schöne, ausgeprägte, sinnliche Hände gesehen wie seine. Hände, die leidenschaftlich und doch zielstrebig das lange herangereifte Holz nach der Maserung abtasteten, als streichelten sie zum allerersten Mal ihre Brüste, wie gehauchte Küsse, die bedächtig die kostbare Schellackpolitur aus Indien auf die Holzoberfläche strichen, um sie nach der Trocknung mit feinem Schmirgelpapier wieder abzuschleifen, immer und immer wieder geduldig diese Prozedur wiederholend. Die darauf die Holzoberfläche unter schnellen Bewegungen polierten, bis sie so sehr glänzte, dass sich sein andächtiges Gesicht darin spiegelte. Jetzt, in der Erinnerung, sah sie diese Hände wieder vor sich, mit dem zu einem kleinen Ballen geformten Leinenlappen, auf den er einen Tropfen Leinöl gegeben hatte; sah ihn wieder liebevoll über das seidig glänzende Holz streichen und zufrieden einen Schritt zurücktreten, ohne sie dabei wahrzunehmen; fühlte diesen süßen, blonden, berauschenden Duft der Politur wie Likör – Holunder oder Orange, sie hätte es nicht sagen können – in ihren Sinnen wieder aufsteigen, und es mutete sie an, als sei sie heimliche Zeugin einer heiligen Handlung gewesen. Vor ein paar Tagen noch.

Nie hätte sie es gewagt, ihre Bewunderung in Worten auszudrücken, und war sie doch einmal der Versuchung nahe, erschreckte sie darüber aus Furcht, die Prophezeiung der Mutter könnte sich bewahrheiten: Worte der Bewunderung über jemandes Hände gesprochen, brächten demjenigen Unheil und Verderben.

So nah am Fenster konnte sie die Zugluft spüren, die sich unablässig durch alle Ritzen in die Stube schlich. Sie hatten die Vorfenster noch nicht abgenommen. Wohlweislich. Es war Donnerstag, nächste Woche würde die Karwoche beginnen. Am Dienstag hatte sie den ersten Zitronenfalter gesehen, was ihr schon immer zuerst das Herz klopfen machen wollte, hellere Tage voraussehend. Doch sie wusste nur zu gut, dass es, wenn er zu dieser Zeit auftauchte, noch einmal recht kalt werden würde. Sie hatte es der Mutter nie glauben wollen. Meistens jedoch, kaum hatte sie den ersten Zitronenfalter gesehen, hatte es wieder zu schneien begonnen, als sei den ganzen, langen Winter über vom Frühling nie die Rede gewesen. Dann hatte die Mutter gelächelt. Und wenn sie es später der Schlossmüllerin oder der Ochsenwirtin erzählte, denen sie, die Nadel zwischen den Zähnen, die Kleider anpasste, oder den Leuten, die ihr vor der Kirche begegneten, lachten die darüber und vergaßen es dann wieder.

„Nein!“ Sie erschrak selber über ihren aufgebrachten Ton. „Nein, bitte, lass das meine Sache sein!“ Sie wollte es nicht aussprechen, aber seine Hände zum letzten Mal zu falten, das oblag einzig und allein ihr.

„Ich bin seine Frau“, sagte sie und hörte ihre Stimme, wie sie bebte bei diesem Satz, und sie spürte, wie es ihr gelang, sich Andreas' trotzigen Augen zu widersetzen. „Ich habe ihm noch etwas zu sagen“, fuhr sie in einem Atemzug fort, „ihm alleine.“

Unter ihrem Blick zog Andreas sich zögernd aus der Stube zurück, als sei er einer Verrückten gegenübergestanden. Als habe sie gesagt, sie habe gerade vom Kirchturm drüben einen Stern herüber kommen sehen, groß und weiß und mit acht Zacken. Er zog das Dienstmädchen mit, das noch immer wie gelähmt im Türrahmen stand, zog es am Ärmel hinaus, um gleich darauf die Türe hinter sich ins Schloss fallen zu lassen.

Die Großmutter war von einem Stern abgeholt worden, als sie starb. Sie hatte sich ihr Gesicht eingeprägt, all die Jahre, ihr Gesicht, das auf einmal, wie wach geküsst, aufgeleuchtet hatte, als sie rief, da käme ein heller Stern auf sie zu, von der anderen Seite des Berges. Dann legte sie den Kopf zur Seite, die Großmutter. Mit einem Lächeln. Und als der Pfarrer und die Leute an ihrem Grab um ihre ewige Ruhe beteten, wusste sie ganz alleine, dass die Großmutter mit diesem Stern auf eine wunderbare, aufregende Reise gegangen sein musste. So wie andere Leute zur Wallfahrt nach Einsiedeln reisten, wie der Ochsenwirt oder die Gallibäuerin, um dann nach einer kleinen Ewigkeit von dort zurückzukehren, den

Zuhausegebliebenen Lebkuchen mitzubringen und Kreislauftropfen und Spielkarten und die unglaublichsten Geschichten, die sie unterwegs erlebt hatten mit den Fuhrleuten, den Händlern und dem Messdiener. Sie wusste es ganz sicher, die Großmutter war auf eine Reise gegangen, und ihr war, als habe sich die Großmutter damals von ihr verabschiedet, als habe sie ihre kleine Hand dabei ein letztes Mal gedrückt, ganz kurz nur, aber sie hatte es nie vergessen können.

Ihre Hände zitterten, als sie seine Finger wie zum Gebet ineinander faltete. Nie wieder würden seine Hände sie streicheln und ihr behutsam den Nacken entlangfahren. Nie wieder sich tröstend über die ihren legen. Nie wieder andächtig mit einem Stück Brot den Rest Soße aus dem Teller tunken, den Zollstock anlegen oder sein kleines schwarzes Notizbuch aus der Hosentasche, den Bleistift hinter dem rechten Ohr, hervorziehen. Nie wieder mit den Stimmhörnern Pfeifenenden aufweiten oder zumachen, um die Tonhöhe zu verändern. Nie wieder würden diese Hände mit lebhaften Gesten seine Worte untermalen, ob er ihr den Bordun erklärte, ob er von Speck mit Bohnen schwärmte oder dem Dekolleté der kleinen, in Holz geschnitzten Dame in Rot, der Madame Pompadour, die er auf dem Wind tanzen ließ und die zum Sinnbild ihrer Liebe geworden war.

Orgelmacher arbeiten mit dem Wind. Seit sie zum ersten Mal in seiner Werkstatt gestanden war, wusste sie es. Wenn der Wind durch ihre Pfeifen strömt, ertönt die Musik. Ignaz Blasius Bruder ließ die ganze Welt auf diesem Wind tanzen. Und sie, die kleine Dame im roten Kleid, tanzte mittendrin. Sie tanzte nach seiner Musik. Ihr ganzes Leben lang. Sie konnte nicht anders. Denn jede Liebe, so wusste sie, der ein langes Warten vorangegangen ist, und in ihren Augen durfte sich nur Liebe nennen, was im reinigenden Feuer des Wartens von allen Schlacken befreit worden war, gab das Ganze und verlangte das Ganze. Zärtlich fuhr sie mit dem Handrücken über seine Wangen. Sie musste ihm nichts mehr sagen. Er wusste es auch so. Sie, Barbara Disch, die Schneiderstochter, hatte nur auf ihn gewartet.

1

Es war Sommer. Und es war Markt in Simonswald. Seit sie sich erinnern konnte, war hier nach der Messe Markt unter den Linden. Jeden Sonntag. Und wie immer wartete der Vater im dichten Gedränge unter der Tür neben dem Weihwasserkessel, der von den vielen eingetauchten Fingern fast schon leer war, auf die einzige Tochter, um, in die Sonne blinzelnd und seinen spitzen Bart streichelnd, stolz an ihrer Seite die Kirchenstufen hinunter zu schreiten, einen halben Kopf kleiner als sie.

Es waren immer dieselben Gerüche, die sie zu Beginn ihres Weges die Kirchstraße hinunter begleiteten, die Marktstände entlang, Weihrauch und Stallgeruch. Fast alle hatten diesen Geruch in der Jacke hängen, seit Jahr und Tag. Mottenkugeln, Moder und Lavendelwasser, das war die Schlossmüllerin. Und noch vor dem ersten Stand strömte ihr Zigarrenduft entgegen. Ohne einen Blick zu verschwenden, hätte sie alle aufzählen können, die sie jetzt, eine Hand in der Hosentasche, mit der anderen, den sonntäglichen Stumpen zwischen den Fingern, weltmännisch diskutierend, ganz in ihrer Nähe standen, die Söhne des Gallibauern, der Jüngste des Bannmüllers, der des Schlossmüllers, sie konnte sie förmlich spüren. Und sie hätte darauf wetten können, sie alle hatten sich den Stumpen noch angezündet, bevor der Pfarrer am Altar die Monstranz zum Wettersegen im Zeichen des Kreuzes hob und senkte. Würde sie jetzt nicht zu ihnen hinüber sehen, würden sie sich wieder mit einem Hüsteln bemerkbar machen. Sie spürte ihre Blicke noch bis in die Spitzen ihrer beiden dicken, dunklen Zöpfe, die sie mit roten Bändern zusammenhielt, und die an der Stelle endeten, die man wegen der hiesigen sonntäglichen Art sich zu kleiden nur erahnen konnte.

Zucker hatte ihr die Mutter aufgetragen mitzubringen, Kernseife und Muskatnüsse. Duft des frischen Brotes zog sie an, der Bäcker hatte sein Backstubenfenster zum Marktstand hergerichtet, aber einen süßen Wecken, wie ihn ihr der Vater einmal beim Herrenbeck in Waldkirch unten gekauft hatte, suchte man hier vergebens.

Als sie sich umdrehte, sah sie den Vater um die Meterware aus dem Elsass feilschen, die er beim Krämer am letzten Sonntag bestellt hatte. Sie würde sich später hinzugesellen, sie brauchte noch Knöpfe und Hosenband.

Die Leute von den entlegensten Höfen des ganzen Tals warteten ihrer amtlichen Besorgungen wegen mit ihren Rucksäcken vor dem Rathaus, um vom Amtsdiener mit Namen aufgerufen zu werden. Der Bärenwirt ließ sich auf dem Vorplatz des Barbiers in der Vormittagssonne rasieren. Und hätte sie sich nicht in ein Gespräch mit der Waldvoglerin verwickeln lassen, hätte sie danach am Stand des Apothekers bestimmt nicht so lange anstehen müssen. Doch unter den Linden im Schatten ließ es sich angenehm schwatzen. Die vier Bauern oben im Zinken wollten eine Kapelle errichten zum Dank dafür, dass das Hochwasser ihre Höfe verschont hatte, hörte sie, und nun sei die Balzenbäuerin wieder abgesprungen, das Hochwasser habe ihren Hof eh verschont. So war sie eben, die Ciboldin, ihrem Mundwerk war keiner gewachsen.

„Da kommt er", hörte sie da wie von weit her Anna Maria Siffert zu den Mädchen neben sich sagen, und das Beben in ihrer Stimme verriet alles. Barbara scherte sich nicht darum, wem die kleine Siffertin, das junge Ding mit kaum sechzehn Jahren, hier schöne Augen machte, kaufte beim Apotheker drei Muskatnüsse, mehr hatte er nicht mehr. Er schien eine Ewigkeit zu brauchen, jede dieser Nüsse einzeln in die selbst gedrehte kleine Tüte zu stecken, mehr noch, um dabei, Bewunderung heischend, ihren Blick so lange wie möglich festzuhalten.

„Oh", fuhr plötzlich eine fremde, verwunderte Männerstimme dazwischen, „hierzulande scheint man etwas vom Kochen zu verstehen. Ehe man sich versieht, sind die kostbaren Muskatnüsse ausverkauft." Eine Stimme wie Karamell, die ihr eine wohlige Gänsehaut bescherte, mit Zischlauten ihre Haut erwärmte und prickeln ließ. Diese Vertrautheit, diese Worte schienen ihr direkt in die Eingeweide zu gehen, nahmen ihr den Atem.

Sie erinnerte sich, irgendwo einmal gehört zu haben, dass Muskatnüsse in Liebesdingen anregend wirkten. Vielleicht lag ihr Ruf des Besonderen jedoch auch nur am hohen Preis.

„Ich rate zu sparsamem Umgang", sagte der Fremde und löste damit rundum Heiterkeit aus. Er hatte den Satz noch nicht zu Ende gesprochen, als sie spürte, wie ihre Wangen heiß wurden. Plötzlicher Zorn verschloss ihre Kehle. Als der Apotheker kopfschüttelnd bedauerte, vor nächstem Sonntag nicht mit weiteren Muskatnüssen dienen zu können, gab der Fremde ihm zur Antwort, das sei aber schade. Augen wie Bernsteine, dachte sie. Sein Blick durchdrang sie so gründlich, als hätte er seine Hand in ihre Brust gestoßen und begonnnen, jede einzelne Rippe abzutasten.

Das war er also, der, den sie Tal auf, Tal ab den „Uhrennazi" nannten, Ignaz Blasius Bruder. Er lebte oben in einem abgelegenen Weiler in Altsimonswald beim Scherzinger und war den Sommer über Taglöhner bei Johann Balz. Den langen Winter über fertigte er Flötenuhren, und man traf ihn häufig beim Stimmen oder Reparieren von Kirchenorgeln an.

Er sei im Schlepptau des Orgelmachers Martin nach Waldkirch mitgekommen, hieß es. Mit einem Mal glaubte sie, alles von ihm zu wissen. Sie hatte ihn sich anders vorgestellt. Eh sie sich versah, stand er an ihrer Seite, nahm geschickt ihre linke Hand, zog diese versteckt hinter seinen Rücken und hielt sie so fest, dass sie sich nicht wehren konnte. Er war weitaus kräftiger als die Männer, die sie kannte, noch keine dreißig, sein Gesicht war glatt rasiert, und obwohl sich sein dunkles, dichtes Haar mit Pomade bändigen ließ, lockte es sich an der Stirn und über den Ohren. Er trug gutes Tuch, er musste in der Stadt schneidern lassen. Sei sie nicht die Tochter des Schneiders? Er habe sie vorgestern schon gesehen, beim Hochfrauentag bei der Kräuterweihe in Mariazell oben beim Patrozinium. Mit einem Kräuterbüschel vor der Kirche habe er sie stehen sehen, er erinnere sich.

„Ich bin Barbara Disch", hörte sie sich sagen. Ihre Stimme klang viel zu sanft, sie riss sich los. Der Vater würde längst im „Bären" oder vielleicht ganz nah, in der „Stubenwirtschaft“ unter den Linden, auf sie warten, besorgt und hungrig. Ihr Herz klopfte so stark, dass sie vor dem Fenster des Krämers stehen bleiben musste. Das war er also.

In der „Stubenwirtschaft“ saß der Vater in einer Wolke von Tabakrauch im Gedränge neben dem alten Siffert und machte sich missmutig über den Schafbraten mit den grünen Bohnen her.

Herrgott, dass er nicht verstehen wollte! Sie hatte keinen Hunger, sie wollte keine Leberle. Sollte die Mutter in Zukunft den Vater nach der Kirche an den Stand des Apothekers schicken solange sie, ihres geschwollenen Fußes wegen, selber nicht mit zur Kirche und zum Markt gehen konnte. Sie saß so über ihren Gedanken brütend, als Ignaz Bruder plötzlich, seinen Hut in der Hand, im Dunst der Zigarren und im Lärm in der Türe stand, als habe er nach ihr gesucht.

Was denn mit dem Uhrennazi sei, fragte der Vater auf dem Heimweg. Sie gab ihm keine Antwort. Sie sei sprachlos, mit offenem Mund, am Tisch gesessen, als er aufgetaucht sei. Es klang wie ein Vorwurf. Als habe er zwischen den Zeilen gesagt, sie solle ihm keine Schande machen. Oder als wollte er sie davor warnen, sich Hoffnungen auf ihn zu machen, der Uhrennazi sei nicht wie die anderen Uhrmacher. Er sei ein gemachter Mann, und sie sei nur die Schneiderstochter.

Doch sie sah ihn den ganzen Heimweg über vor sich, wie er am Nachbartisch das hölzerne Kästchen auf den Tisch gelegt hatte, wie seine Finger eine kleine Kurbel drehten. Nie zuvor hatte sie so zauberische Musik gehört wie diese, die er auf wundersame Weise aus seinem Kästchen hervorgelockt hatte, so fein und so zart, dass alles um ihn herum auf einen Schlag still wurde, und dass sie nun den Kopf voller Musik hatte.

Am darauf folgenden Sonntag entdeckte sie ihn schon nach der Kirche, wie er beim Pfarrer und beim Bürgermeister stand, die Hände in der Hosentasche, den Kopf zurückgelegt, die ganze Aufmerksamkeit auf die Kirchturmuhr gerichtet, die einen Mangel aufzuweisen schien.

Sie war die einzige Tochter ihrer Eltern, die Älteste, nach ihr kamen Buben, aber wenn sie sich die Verwandtschaft der Mutter in Erinnerung zurückrief, war sie immer froh zu wissen, dass sie eigentlich eine Facklerin war, dass sie die fein geschwungene Nase, die dunkle Haar- und Augenfarbe der Mutter geerbt hatte und das Versprechen auf ein hohes Lebensalter besaß. Und obwohl sie nicht als bedeutende Familie galten, gab sie sich doch gerne dem Gedanken hin, dass sie einzigartig sei. Sie hatte den Ruck bemerkt, der ihn durchfuhr, als sie an ihm vorbeiging, und kaum hatte sie sich von der Waldvoglerin losgerissen, um dem Vater zum Krämer zu folgen, gerade in dem Augenblick, in dem die Ladenglocke ihren Eintritt verkündete, fragte er im Vorübergehen, ob sie heute wieder vorhabe, den Stand des schönen Apothekers aufzukaufen, und reichte ihr dabei die Hand. Heute beehre sie den Krämer, wie er sehe. Sie lachte, als hätte sie etwas Geistreiches gesagt, und hielt seine Hand einen Moment lang fest. Dabei bedachte sie ihn mit einem Blick, der ihm das Gefühl geben musste, dass es niemanden gab, den zu sehen sie sich im Augenblick mehr wünschen könnte. So, dass es auch die kleine Siffertin sehen musste.

Nach diesem Sonntag schien er wie verschwunden. Bis zu dem Tag, an dem er plötzlich bei ihnen in der Schneiderwerkstatt stand. Wie hereingeweht stand er neben der Schneiderpuppe mit dem Sonntagskleid der Hugbäuerin, an dem das Mieder neu zu nähen war. Sie schnitt am Tisch zu und spürte, wie ihre Wangen unter seinem Blick rot wurden. Noch in der Erinnerung machte ihr dieser Blick Herzklopfen, ließ sie den Puls in den Schläfen spüren. Er streifte kurz über den Paravent, die Schatullen mit dem Nähzeug, den Maßbändern, Nähseiden und Scheren. Sie hatte die kleinen Schubladen der Kommode aufgezogen, in der sie Kreide, Näh- und Stecknadeln, Knöpfe und Hosenband aufbewahrte. Alles hatte seinen Platz.

Er war also nach Untersimonswald gekommen, um sich bei ihnen eine schwarze Weste machen zu lassen. Das war umso verwunderlicher, als es oben in Altsimonswald vier Schneider gab. Die Mutter ging sie später alle in Gedanken durch. Der Siffert, der zugleich Schuhe anfertigte, war sogar sein nächster Nachbar.

Ihre Knie fühlten sich auf einmal schwach an, und sie wusste, dass dies nicht von der Anstrengung des Tages rührte. Beim Anlegen des Maßbands versuchte sie angestrengt, ihm nicht ins Gesicht zu sehen. Erst langsam fühlte sie wieder Boden unter den Füßen, und nach und nach verlieh ihr die Schneiderei, auf die sie sich verstand, wieder Sicherheit.

Auf Zehenspitzen musste sie sich seinem Hals und seinen Schultern nähern. Brust- und Hüftumfang gerieten ihr beinahe zu Umarmungen, und obwohl sie es vermied, ihm ins Gesicht zu sehen, ahnte sie, dass er sie beobachtete. Sie merkte es auch an seinem Körper, der sich wendete, sobald sich sein Kopf neigte oder hob. Jede seiner Kopfbewegungen nahm sie an den Schulterblättern und an den Hüften wahr. Und während sie das Ergebnis mit dem Bleistift auf Papier notierte, mahnte sie ihn, er solle aufrecht stehen bleiben, sonst würden die Maße nicht stimmen.

Vater und Bruder sprangen beide herbei, breiteten Stoffballen aus und rechneten, doch auf den Stoff einigen konnten sie sich nicht. Am Sonntag würden sie nach einem neuen sehen, vereinbarten sie. Sie fuhr sich mit dem Handrücken über ihr heißes Gesicht.

Am Sonntag nach dem Markt saß sie dann mit ihm heimlich hinter dem Pfarrgarten in der Sonne, lauschte dem tiefen Brummen eines Käfers und träumte, benommen von der Wärme um sie herum, als wäre sie eine Art Liebkosung, diese Wärme, während er ihr von den Uhrmachern in Mariazell erzählte mit ihrem geschliffenen Benehmen, die in England zu Wohlstand gekommen und jetzt gemachte Männer seien, Westen aus Atlasseide trugen, und dies beileibe nicht nur am Sonntag. Aus diesen Westen pflegten sie zierliche Taschenuhren an goldenen Ketten zu ziehen, als sei die Zeit die ihre. Dieser überlegene Griff sei ihnen in Fleisch und Blut übergegangen.

Sie lachte. Sie fand es spaßhaft, wenn in den Wirtshäusern der Gegend unter den jungen Leuten ein unverkennbarer „Engländer“ mit rotem Gesicht, langer und hagerer Gestalt in all seiner steifen Unbeweglichkeit herumstolzierte und beinahe vergessen zu haben schien, wie man in der Heimat die Mädchen anfasste.

Und wie diese Engländer mit großen schwarzen Schirmen, wie sie hier kein Mensch hatte, umherspazierten. Schlag fünf Uhr zelebrierten sie den Tee aus hauchdünnen Tassen, sie hatte es als Kind selbst gesehen. Lange Zeit darauf habe sie das Gefühl gehabt, London wirklich gesehen zu haben, sagte sie und betrachtete ihn aus den Augenwinkeln.

Es war Sommer. Sie hörte ihm mit geschlossenen Augen zu, wie er davon erzählte, dass er in Mariazell am Umbau des Chorherrenstiftes mitarbeite. Er musste früh aufstehen, sie kannte den endlos langen Weg den Zweribach entlang hoch über Wildgutach zum Hohwald. Wenn er tapfer zulaufe, sagte er, sei er in zweieinhalb Stunden oben, und mit dem Umbau verdiene er sich das Geld, das er hauptsächlich in die Weiterentwicklung seiner Spieluhren und Orgelwalzen stecke. Pater Jakob habe er viel zu verdanken, er sei ein Virtuose auf der Orgel, helfe ihm beim Arrangieren und lehre ihn das Walzenzeichnen. Sie saugte alle seine Wörter auf. Plötzlich wurde er still und berührte sie so lange mit einem Grashalm zwischen den Augen, streichelte sie über den Nasenrücken, bis sie lachte.

„Ihr habt Euch in Mariazell beim Schulerbeck hoffentlich einen Fidlebackenwecken gekauft", sagte sie keck, „diesen Wecken, der die Form eines Hinterteils hat."

Eine für eine Wallfahrt recht unanständige Form, meinte er.

Sie lachte. Der Wecken sei für sie Ziel der jährlichen Wallfahrt, erklärte sie, nachdem sie mit den Eltern und den Leuten vom Dorf den alten Wallfahrtsweg vom „Löwen“ den Kirchweg hinauf nach Hinterstraß gestiegen sei, nüchtern, um zur Kommunion gehen zu dürfen.

Sie war am Tag nach der Kräuterweihe neunzehn geworden, aber das ging ihn nichts an. Wenn der Hochfrauentag mit seiner Kräuterweihe vorbei war, wurden die letzten Sommertage meistens melancholisch, dann würde sich jeder wieder zurückziehen in seinen Hof, in seine Stube, dann war es mit einem Mal wieder, als würden sie alle verstummen.

„Habt Ihr schon einmal auf den längsten Tag des Jahres gewartet und ihn dann doch verpasst?“, fragte sie träumerisch und blinzelte in die Sonne. „Ich warte immer darauf und verpasse ihn dann regelmäßig.“

Er sagte nichts. Stattdessen legte er sich ins Gras, streckte den Arm aus und berührte sie, und weil sie überrascht war, wendete sie sich ihm zu. Seine Lippen waren ihr noch unvertraut, als er sie küsste, aber dann gab sie nach, und er war in ihrem Mund, und dann kannte sie sich nicht mehr, wusste nicht mehr, wer sie war, und er berührte sanft ihre Brust und biss sie in die Lippe, verteilte Feuchtigkeit auf ihre Wange und küsste sie dann dort. Sie gab einen Laut wie einen Seufzer von sich. Ihre Hand fand seine Finger und umklammerte sie. Dann löste er sich plötzlich, als sei er aus einem Taumel erwacht, als sei er sich eines Fehlers bewusst geworden und sagte, er müsse noch einmal zur Kirche zurück, er habe dem Pfarrer versprochen, nach der Orgel zu sehen. Er zog sie an der Hand hoch, und er hielt sie noch fest, als sie am Pfarrhaus vorbeikamen.

Die Kirchenorgel sei die Königin aller Instrumente, flüsterte er ihr zu, als sie in die Kühle der Kirche hinein traten und sich mit Weihwasser bekreuzigten. Seit er daheim, in Zell am Harmersbach, in der Wallfahrtskirche „Maria zu den Ketten" dem Orgelmacher bei der Arbeit über die Schulter habe sehen dürfen, ließen die Kirchenorgeln ihn nicht mehr los. Er bewundere Mathias Martin, sagte er. Martin mache in Waldkirch Orgeln im Stile Silbermanns, mit diesem betörend elsässischen Klang, etwas französisch, etwas italienisch, lieblich und fein – silbern eben, wie munteres Wasser, das an einem heiteren Sonntagmorgen im Sonnenlicht über Steine streichle.

Sie war noch immer benommen, als sie hinter ihm die Treppen zur Empore hochstieg. Er habe zwar ausgeklügelt, wie Orgelpfeifen aufzuschneiden seien, dass sie selbst das Beben der menschlichen Stimme nachahmen könnten, sagte er. Doch, so gab er zu, obwohl er die Orgel Silbermanns in Mariazell verschiedentlich ausgemessen habe, sei er bislang nicht dahinter gekommen, woraus dessen typische mitteltönige Stimmung bestehe. Aus zwei quasi-reinen Quinten, nehme er an, die etwa um einen Pulsschlag zu klein und acht quasi-reinen Terzen, die etwa um zwei Pulsschläge zu groß gemacht wurden.

Bei ihm hörte sich das alles ganz einfach an.

2

Ins Ibendorf war es ein Katzensprung. Der Uhrennazi wohnte unterhalb des Blauen Horns, der höchsten Erhebung des Tals. Doch der Weg kam Barbara unendlich vor. Der Öler hier auf der Nussmühle würde sie beim Vater verraten. Der Küfer, der Seiler, der Wormser Schneider, zumindest einer von ihnen würde sie jetzt gesehen haben, und morgen würde es sich herumsprechen, dass sie ihn besucht habe. Scherzingers Frau würde ihren Hals recken wie ihr halbes Dutzend Gänse, die ihr nun, wie auf Bestellung, schnatternd entgegenliefen. Ihr Herz klopfte, als wollte es ihr aus dem Halse springen.

Er war am Sonntag weder in der Kirche noch auf dem Markt gewesen. Ihr war seltsam zumute, als sie durch die halboffene Türe schlüpfte: Ein karger Raum, der nach altem Uhrmacheröl roch und nach abgestandenem Tabakrauch, die Fenster waren einen Spalt weit auf zum letzten saftigen Gras draußen, das ein wenig ins Haus zu wachsen schien. Eine leichte Brise ging durch den Raum, wehte die Vorhänge an einem Ende hinein und am anderen hinaus. Ein Ofen aus Eisenblech stand in der Mitte, an der einen Wand hingen Pläne, nichts als Pläne, Zeichnungen, Bauskizzen, wohin sie sehen konnte, an den anderen tickten Uhren, schnurrten deren Gewichte.

Es war alles sauber wie geschleckt. Ein Rosenstock, eine Geranie und Majoran standen an den hellen Fenstern, und, wie an einem Marktstand, hingen Vogelkäfige die ganze Fensterfront entlang, in allen

Größen, dicht aneinandergedrängt. Munteres Gezwitscher kam von Krammetsvögeln, den Wacholderdrosseln, klein wie Sperlinge – die Buben im Tal fingen sie und verkauften sie an ihn –, von Amseln und von Kanarienvögeln, fremdländisch, gelb und grün. Wenn sein Drehstuhl quietschte, fingen sie an zu lärmen, dass sie sich schier die Ohren zuhalten wollte. Wilde Vögel hätte die Mutter nie zugelassen. Einmal hatte sie sogar einen Zitronenfink fliegen lassen. Sie sagte, so behielten die Vögel ihre Freiheit, könnten Nester bauen und brüten, das wäre schöner.

Der Uhrmachertisch unter den Fenstern war blank gescheuert und fast so breit wie die Stube. Darauf hatte er sein Uhrmachergeschirr geordnet, eine Drahtschere, Flachfeilen, erkannte sie, Raspeln, Metallsägen, Drillbohrer, verschiedene Meißel, allerlei Sorten von Beißzangen, ein Schaber und ein Glätter, man musste schon wissen, wie man sie in die Finger nahm. Sie in einem unbewachten Augenblick auch nur anzurühren, wäre ihr einem Verbrechen gleichgekommen. Etwas verloren stand sie davor.

Auf jeder Seite des Tisches gab es einen Schraubstock, darüber Wandbretter für die Werkzeuge, dann ein Wassergeschirr, ein Stück Seife und Kohle dazu. Weiter hinten stand noch eine Hobelbank. In der offen stehenden Schublade sah sie Hobel, Stemmeisen, einen Holzhammer und allerlei Dinge, die sie nicht kannte, in der anderen Leim und meliertes Türlepapier zum Tapezieren der Werke mit Hinterbrettern.

Er hatte sie gar nicht bemerkt, als sie durch den offen stehenden Türspalt gekommen war, sah auch nicht von seiner Arbeit auf, weshalb sie nach einer passenden Gelegenheit suchte, sich aus dieser seltsamen Stube davon zu schleichen, lautlos, wie sie gekommen war. Sie traute sich der Andacht wegen, in der er seine Werkzeuge ansetzte und mit flinken Fingern hantierte, kaum zu atmen. Mit einer knappen, blicklosen Geste wies er sie an, sich auf den freien Drehstuhl neben sich zu setzen. Er musste gespürt haben, dass sie über den seltsamen kleinen Holzkasten nachsann, der in der Größe eines Buches vor ihren Augen auf der Werkbank lag.

„Das ist eine Serinette", erklärte er ihr, ohne von seiner Arbeit aufzusehen, „eine Vogelorgel." Sie meinte, etwas Stolz in seiner Stimme zu hören, als er sagte, er sei der Erste im Schwarzwald, der Vogelorgeln mit Federaufzug herstelle. Bisher sei das Pfeifenwerk durch ein Gewicht getrieben abgelaufen. Er habe diese Neuerung in Frankreich gesehen, in den Werkstätten von Mirecourt bei Nancy.

„Du warst bei den Franzosen?", sagte sie nur, und sie spürte, wie sie dabei zurückwich. Die Franzosen, die Franzosen mit den roten Hosen! Ärger als die Franzosen auf ihren Kriegs- und Beutezügen hierzulande hätten es auch die Teufel in der untersten Hölle nicht treiben können, Blut an ihren Händen, ihre Sprache verhasst. Es war noch keine zehn Jahre her, dass sie aus dem Hohlengrabenpass nach heftigen Gefechten über Mariazell zurückgeworfen worden waren. Zwar hatten sich die Zeiten geändert, der Stoff, den sie beim Krämer kauften, kam aus dem Elsass, der Vater zog ihn dem der fliegenden Händler aus dem Schwäbischen vor, und von Bier mussten sie jenseits des Rheins auch etwas verstehen, denn regelmäßig fuhren Sechsspänner, voll beladen, Facklerbräu hinüber in das Land unter den blauen Bergen, die sie die Vogesen nannten. Aber alles, was über dieses Elsass hinausging, schien ihr verdächtig. Die Franzosen schleckten beim Essen das Messer ab, sagte die Mutter, sie seien Barbaren.

„Die Franzosen haben mir Arbeit gegeben", sagte er. „Und sie haben mich gut behandelt und gut bezahlt." Seine Stimme klang trocken. Er musste ihren Widerstand gespürt haben, denn er fuhr in seiner Erzählung fort, als wolle er ihr alles nahe legen. Die einheimischen Handwerksburschen hätten nach dem Krieg zum Wiederaufbau nicht ausgereicht, weil nach der Revolution die Menschen in großen Scharen aus Frankreich über den Rhein auf vorderösterreichischen Boden geflohen seien. Zwar habe der Kongress in Rastatt verfügt, die Adeligen und die Geistlichen, die zu Tausenden vor der Guillotine flüchteten, wieder zurückzuschicken. An die Knechte, die Dienstboten und die Handwerker habe sich diese Verfügung jedoch nicht gerichtet, sie seien nicht nach Frankreich zurückgekehrt, und so habe jenseits des Rheins bald ein großer Mangel an Arbeitskräften geherrscht.

Ein Glück für ihn, lachte er, denn diesseits des Rheins sei die Auftragslage nicht rosig gewesen. Mit weiteren Maurergesellen sei er den Sommer über als „Artisan-Voyageur" eine Woche Fußweg hin, eine Woche zurück, nach Lothringen gereist. Geleitscheine hätten ihnen den durch die Revolutionsbehörde erschwerten Grenzübertritt erleichtert.

Er sah sie eine Weile nachdenklich an. Wäre er nicht als Maurergeselle nach Nancy gezogen, sagte er im Brustton der Überzeugung, hätte er nicht in die wundersamen Werkstätten von Mirecourt gesehen, es wäre ihm in der Tat viel entgangen, wenn auch manche Leute hier behaupteten, dies alles hätte er auch im Schwarzwald lernen können.

„Mirecourt", sagte er mit einem zärtlichen Unterton, als spräche er von einer Geliebten, „ist eine Stadt voller Musik, eine Offenbarung!"

Seine Hände begleiteten seine Worte, als er von der Ausstattung der einzelnen Werkstätten erzählte, die jede ihren eigenen Duft habe. Er ließ Bilder in ihr aufsteigen von Meistern des Instrumentenbaus, die sich mit niemandem messen ließen. Die, Magiern gleich, über dem Walzenbau und der Intonation brüteten, und, ihr Geheimnis hütend, die Nacht zum Tage machten. Er sprach von Lehrbuben, die ihren Meistern nachzueifern versuchten.

Barbara lauschte seinen Worten fasziniert. Sie hörte die Melodien, die in Mirecourt aus den Fenstern tönten und darauf von den Leuten auf den Straßen und Plätzen gepfiffen wurden. Den Duft der frisch von den Nonnen des Klosters gebackenen Mandelmakronen ließ er ihr förmlich durch die Nase in die Sinne steigen, obwohl sie nie zuvor Mandelmakronen gesehen hatte. Er ströme durch die Gassen der Stadt, sagte er, dieser Duft. Wenn man das Fenster öffnete, wusste man, die Makronenschwestern hätten wieder ihre Köstlichkeit gebacken.

Er müsse das alles niederschreiben, sagte sie. Das Schreiben sei seine Sache nicht, er sei sich nicht sicher, wie man die Wörter schreibe, lächelte er verlegen. Er erzähle lieber. Obwohl, so klug sei er doch gewesen, er habe von Anfang an seine Entdeckungen im technischen Bereich notiert, jeden Einfall, jede Verbesserung, die ihm aufgegangen sei. Es klang etwas sentimental, als er sagte, dass er sich im Nachhinein wundere, wie sie es zulassen konnten, die Meister, dass da einer käme und ihnen über die Schulter schaue. Vielleicht hätten sie ihn, den Maurer, ja unterschätzt.

Viele Dinge im Leben griffen über in andere wie die Zahnräder einer Uhr, das sei ihm später klar geworden. Er lächelte wieder, sah sie an und ließ ihren Blick nicht los. Er habe eigentlich immer anderen Leuten ihre Kunst abgeschaut, um sie sich dann selbst anzueignen, sagte er und sinnierte darüber, weshalb man in Frankreich das Leben viel leichter nehme als hierzulande, Frankreich sei doch nur auf der anderen Seite des Rheins. Die meisten seiner Uhren verkaufe er im Elsass an wohlhabende, kunstverständige Leute, und manche seiner Flötenuhren spielten zur Unterhaltung in Straßburgs Gasthäusern, erzählte er. Dort, wo man beim Essen das Messer abschleckt, wusste sie.

„Man kann sich bei der Uhrmacherei leicht hintersinnen“, sagte er mit einem Verständnis heischenden Lächeln und legte sein Werkzeug beiseite, und sie dachte an den Sohn des Flötenuhrenbauers Fischer mit dem wirren Blick.

In den vier dicken Wälzern des großen Dom Bédos, dem grundlegenden Werk über die Kunst des Orgelbaus, sei eine Serinette mit Federzug aufgeführt. Wenn er doch nur dieses vermaledeite Französisch besser verstünde! Er kenne nur „Liberté, Egalité et Fraternité“ – Freiheit, Gleichheit und Brüderlichkeit und „Vive la France!“

Sein Lachen klang verlegen. Ihr war nicht entgangen, wie er beim Namen Dom Bédos ins Schwärmen geraten war. Von derlei Dingen hatte sie noch nie gehört, auch nicht von einer Serinette, aber das Wort gefiel ihr.

„Man muss den Kanarienvögeln das Musikstück nur wieder und wieder vorspielen, dann singen sie es mit der Zeit ganz von selbst", sagte er, „sie treffen den Ton genau! Je kürzer die Melodie, desto schneller lernen sie diese."

Verrückt! Früher habe dazu eine kleine Blockflöte gereicht, er lachte über die seltsame Idee, Vögeln das Singen von Musikstücken beizubringen, aber der Winter sei eben lang und stumm. Es klang etwas unbeholfen, als er den französischen Ausdruck für Kanarienvogel, „Serin de Canarie", benutzte.

Doch kaum betätigte er die kleine Handkurbel, setzte sich darin die mit vielen Stiften bestückte Walze in Gang und eine leise, einfache Melodie drang in ihr Ohr, leicht nachzusingen. War es ein Kinderlied oder ein Lied, das die französischen Soldaten, das Gewehr geschultert, sangen oder im Musikkorps auf ihren hellen, silbernen Flöten spielten, sie wusste es nicht. Doch sie sang sie im Geiste mit, diese Melodie, dadadadadam, dadadadadadam, dadadadadam, dadam, die im Hintergrund von einem rhythmischen Schnaufen begleitet wurde.

„Muss die Walze immer so schwer atmen?", fragte sie. Sein Lachen machte sie verlegen.

„Die Walze selbst macht keine Geräusche", sagte er und ließ sie dabei nicht aus den Augen. „Die Abnehmerhebel klappern zwar, wenn sie nach dem Anheben durch den Stift wieder herunter fallen. Aber dieses Schnaufen, das ist der Wind, der durch das Überdruckventil nach außen strömt."

„Der Wind?", fragte sie erstaunt.

„Der Wind", sagte er, „nicht die Luft! Im Orgelbau ist es der Wind, das musst du dir gut merken!" Sie nahm es mit einem Lächeln wahr.

„Der Wind", wiederholte sie. Dieses Wort kam ihr plötzlich so poetisch vor.

„Von den Blasebälgen hängt das gute oder schlechte Spielen ab. Ist der Blasebalg gut und liefert einen festen und zähen Wind, so spielt das Musikwerk schön. Liefert er jedoch einen unregelmäßigen und rauen Wind, kann das Werk unmöglich gut spielen, auch wenn es die besten Pfeifen hat."

„Dadadadadadam." Wenn er spielte, fing etwas in ihr zu schwingen an.

Die Konzeption einer Serinette, sagte er, sei von der einfachsten Art. Wenn die Orgel für das Reden stünde, dann käme die Serinette Kindergebrabbel gleich. Ihre Walze sei mit unzähligen Stiften bestückt. Und mit Brücken für die langen Töne, da dadurch der Hebel länger oben und somit das Ventil auch länger geöffnet bliebe, erklärte er ihr.

Sie lag auf zwei beweglichen Metallachsen im Holz, diese Walze, stellte Barbara fest, und sie meinte, gesehen zu haben, dass sie sich beim Spielen, kaum sichtbar, etwas seitlich verschob.

„So kommen die nächsten Stiftreihen dran, und die nächste Melodie erklingt", sagte er, „denn es sind acht Melodien aufgenagelt. Und jede will an die Reihe kommen."

Die Stifte drückten über verschiedene Vorrichtungen mit fremd klingenden Namen das Spielventil herunter. Dieses gab den in der Windkammer unter Überdruck stehenden Wind zu den Metallpfeifen frei, von denen sie zehn zählte.

Das seitliche Verschieben hatte noch eine Raffinesse: Durch das Anheben des Einrasthebels wurde auch der Clavisbalken angehoben, so dass, falls die Walze nicht in Null-Stellung war, keiner der Stifte heraus gebrochen werden konnte.

Sie hätte es nicht für möglich gehalten, doch die Tonlage jeder einzelnen dieser kleinen Pfeifen war der des Kanarienvogels angepasst! Die Uhrenhändler von Gütenbach brächten ihm die Kanarienvögel für viel Geld aus Böhmen und Ungarn mit, erzählte er beiläufig. Die hatte sie schon, die Krätze auf dem Rücken, von der Glashütte kommen sehen, wenn sie Nachschub holten bei den Glockengießern und den Schildermachern, sie gingen dann Richtung Waldau, Neukirch zurück.

Er nahm eine weitere Vogelorgel in die Hand, auf die tiefere Stimmlage der Amsel abgestimmt. Das sei eine „Merline“, sagte er, während er sie spielte. Bei den Franzosen sei die Amsel „la merle“, und dann führte er ihr eine mit zwei Registern vor, sie spielte mehrstimmig. Ob denn Vögel mehrstimmig singen könnten, wollte sie wissen. Diese Merline sei zur Darbietung vor einem Personenkreis gedacht, sagte er, und sie fragte sich insgeheim, wer sich wohl diese Orgel leisten könne. Es kam ihr niemand in den Sinn, nicht einmal der Ochsenwirt. Sie würden in den Salons der Bürgerhäuser auf der anderen Seite des Rheins gespielt, sagte er, als habe er ihre Gedanken gelesen.

Schlag sieben! Sie zuckte zusammen, wusste

nicht, wohin sie zuerst sehen sollte, denn aus allen Ecken machten, einem Wettstreit gleich, Uhren auf sich aufmerksam. Sie hatte schon einfache Figuren-Uhren gesehen, die eine hölzerne Wachtel enthielten, die sieben Mal die Stunde rief oder auf der ein Bär zu tanzen begann. Musik hatten sie jedoch nie gemacht. Hier spielte jede dieser Uhren ihre eigene Musik, fein und klar und zauberisch, und es flötete, summte, surrte. Von überhall her klangen kleine Glöckchen und mischten sich in das Gezwitscher der Vögel. Auf der Uhr an der anderen Wand bewegten sich hölzerne Figuren. Sie beeilte sich, das Spektakel wahrzunehmen, bevor es, einem Spuk gleich, wieder beendet war, und stand staunend vor einer Schildwache, die, das Gewehr geschultert, eine ordentliche Wendung machte.

„Jetzt, wo du nun mal da bist, musst du mir auch Glück bringen", lächelte er, und sein Blick streifte sie. „Ich greife gerade nach den Sternen."

Sie spürte, dass er sie in ein Geheimnis hineinzog: Eine Treiborgel werde er bauen.

„Von einer Flötenuhr zu einer Treiborgel ist es kein großer Sprung", erzählte er. „Die Flötenuhr wird automatisch per Gewicht gespielt, die Treiborgel per Handkurbel. Die Bauweise ist ähnlich. Wie bei der Flötenuhr sind die Pfeifen pyramidenförmig angeordnet und liegen hinter der Stiftwalze. Die Uhr und das Zifferblatt lasse ich weg und ersetze den Gewichtsaufzug durch eine Handkurbel."

Es sollte jedoch keine werden, wie man sie vereinzelt in den Straßen von Freiburg und Waldkirch sah, wenn die Pomeranzenhändler oder Savoyarden durchzogen. Jene seien als reine Begleitinstrumente zum Gesang erdacht worden, als Nachfolger der Drehleier.

Sein Ton wurde träumerisch, als er erzählte, dass er über den Pfeifen und sozusagen über dem Wind eine Bühne bauen wolle, eine Bühne auf zwei Ebenen, darauf sollten Figuren zur Musik seiner Walze tanzen und sich so lange im Kreise drehen, bis er aufhöre zu spielen.

„Bis ihnen die Luft ausgeht“, lachte sie, denn so viel hatte sie verstanden: Ohne die Luft aus diesem seltsamen Blasebalg würde keine Musik ertönen.

„Ein Tanz auf dem Wind?“, fragte sie dann. Das sei eine sehr poetische Erklärung für einen technischen Vorgang, sagte er, aber sie habe den Nagel auf den Kopf getroffen. Er deutete auf die Windlade, einen großen, luftdichten Kasten, auf dem die Pfeifen standen und in dem der Wind zu ihnen geleitet wurde.

„Wir bauen einen Winddruck auf, laue Luft haben wir ja um uns herum“, fuhr er fort. „Nur durch das Erzeugen von Wind werden durch die Pfeifen die Schwingungen für unser Ohr hörbar gemacht. Je mehr Wind, je lauter kann eine Pfeife bei richtiger Intonation erklingen oder, wie wir es sagen, sprechen.“

Bei den Flötenuhren seien es kleinere Bälge, sie erzeugten auch weniger Winddruck, daher seien hier nur sanfte Töne möglich, was ja in den Stuben genüge und auch sehr fein klinge.

„Bei Treiborgeln sind es große Bälge“, fuhr er fort. „Sie sorgen daher für einen höheren Winddruck. Durch das Drehen und somit das Auf und Ab werden die Schöpfbälge betätigt, um die Luft in die Blasbälge zu bringen. Über Rückschlagklappen wird verhindert, dass der Winddruck wieder entweicht. So gelangt er direkt in die Windlade, wo der Wind steht.“

Und Geschichten sollten sie erzählen, die Figuren auf seiner Treiborgel. Er habe schon deutlich vor Augen, wie sich vornehm gekleidete Tanzpaare in einem weiten Kreis und weiterhin um sich selbst zur Musik drehten. Figuren aus dem Weltgeschehen müssten es sein, die jedes Kind kenne.

„Der neue Kaiser von Frankreich?“, fragte sie. Sie hatte schon von Napoleon gehört, wenn auch nichts Gutes.

„Ich glaube nicht, dass Napoleon tanzt“, sagte er, und es lag etwas Bitteres in seiner Stimme.

„Du“, sagte er dann mit einem Lächeln und fuhr ihr dabei mit dem Handrücken über die heiße Wange, „du wirst darauf tanzen, meine Schöne.“ Es klang zärtlich, wie er es sagte. „Eine zierliche Dame in einem roten Kleid.“

Niemand trage hier ein rotes Kleid, gab sie ihm zur Antwort, nicht einmal sie, die Tochter des Schneiders. Doch er bestand darauf. Ein rotes Kleid nach französischem Schnitt müsste es sein. Er sagte es mit einem Lächeln im Blick, rot, wie sie es in seinen Träumen trage, müsste es sein, dieses Kleid. So etwas Schönes! Er werde den Holzbildhauer, der ihm die Männle für seine Uhren schnitze, beauftragen, ihr ein solches Kleid anzufertigen, sagte er, als gäbe es nichts Selbstverständlicheres auf der Welt.

„Ich kann gar nicht tanzen“, sagte sie.

Das glaube er nicht, gab er zur Antwort, das könne nicht sein. Er habe an ihrem Gang gesehen, dass sie tanzen könne. Er werde sie auf dem Wind tanzen lassen. In einem roten Kleid.

Und dann, plötzlich, als sie das Kästchen entdeckte, dessen Melodie ihr tagelang nicht mehr aus dem Kopf gegangen war, schoss ihr das Blut noch stärker in die Wangen, und die Worte des Vaters auf dem Heimweg von der „Stubenwirtschaft“ stiegen heiß in ihr auf. Er spürte, wie ihr Blick auf dem Kästchen haftete und zog es über die Werkbank zu sich. Seine Finger ließen sie wieder ertönen, diese verführerische Melodie.

„Ein schöner Mann ist delikat, wie ein Kapaunerl mit Salat“, hörte sie seine Stimme ihn begleiten. Wenn sie auch seiner Karamellstimme nicht entkommen konnte, versuchte sie doch, seinem Blick auszuweichen, fragte sich still, was ein schöner Mann mit einem kastrierten, gemästeten Hähnchen zu tun habe, und wer sich nur solch einen Mist ausdenke.

„Mozarts Schwager hat es geschrieben, der Mann der Schwester seiner Frau“, sagte er. „Es ist ein Stück aus dem ›Tyroler Wastl‹, diese Oper ist berühmter als Mozarts Opern.“

Sie hatte noch nie von diesem Mozart gehört, und nun, da sie den Text zu dieser Melodie vernahm, war es ihr unangenehm, dieser in der „Stubenwirtschaft aufgesessen zu sein. Er könne die Walzen beliebig austauschen, sagte er und lächelte, es sei ein wenig Spielerei dabei.

„In meinem Schlösschen ist's gar fein, komm Ritter, kehre bei mir ein“, sang er, und sie hörte sich räuspern und mit bebender Stimme sagen, sie sei nicht romantisch veranlagt, hierzulande mache keiner große Worte.

Vogelweibchen, denen man schöne Weisen vorspiele, antwortete er, seien munterer als diejenigen, die nie Musik hörten, sie legten viel größere Eier. So, Feierabend, sagte er dann plötzlich, jetzt habe er Hunger. Wenn er hungrig sei, sei er nicht auszuhalten. Der Tag eines Uhrmachers sei lang, und man müsse schon mit Händen und Füßen dran und dürfe nicht umher schauen, sonst sei gleich ein Zahn verfräst. Einmal, das müsse er ihr doch noch erzählen, einmal habe er anstatt sechsundneunzig Zähnen tatsächlich siebenundneunzig am Rad gehabt und sei nicht dahinter gekommen. Er lachte laut auf, da müsse eine Hexe ihre Finger im Spiel gehabt haben, dass seine Teilscheibe sich ein wenig loslöste und sich jedes Mal, wenn der Werkhaken einrastete, um ein Minimum verschob, bis es am Ende einen ganzen Zahn ausmachte.

Es kam ihr etwas verdreht vor, was er da redete. Sie hatte das Gefühl, die ganze Stube drehte sich mit ihr, drehte sich um Walzen, Windladen, Glockenspiele, Flöten, um ein rotes Kleid, um seine Träume.

„Ihr Uhrmacher", hörte sie sich scherzen, „Ihr seid doch wie Eure Uhren! Immer aufgezogen."

Sein Lächeln ging ihr durch und durch.

„Und du", sagte er und hielt sie dabei am Handgelenk fest, „du bist solch ein Schlüssel, der einen Uhrmacher aufzieht."

Sie hielt seinen Blick nicht aus, ließ den ihren verlegen umherschweifen, und sah plötzlich in dem großen Hof etwas unterhalb des Hangs, wo die Sifferts wohnten, Anna Maria aufgeputzt am Fenster stehen.

„Sie kommt manchmal herüber“, sagte er beiläufig und legte die kleine Orgel beiseite. „Ihr gefallen die Vögel, meine Musikwerke und meine Uhren. Aber ich schicke sie immer wieder heim, weil sie mich von der Arbeit abhält.“

Er wolle sich eingeschlagene Eier machen, sagte er, sie solle doch hier bleiben und mit ihm essen. Sie sah sich mit ihm am Tisch sitzen, mit einem Stück Brot die Eidotter aus der Pfanne auftunken und ihm dabei Konfidenzen machen, ihm sagen, dass sie ihn am Sonntag vermisst habe. Sah sich ihm zuhören, wie er aus seinem Leben erzählte und warum die Töne den Wind brauchten, um tönen zu können. Sie wäre stundenlang schweigend bei ihm gesessen, nur um seinen Händen zuzusehen, wie sie Stifte in die Walze klopften oder versuchsweise eines der beiden Register abschalteten, um die Klangfarbe zu verändern. Um zuzusehen, wie seine kräftigen Unterarme, gebräunt, von den hochgekrempelten Hemdsärmeln entblößt, jedem dieser geübten, leidenschaftlichen Handgriffe folgten. Er hatte nicht das kränkliche Aussehen der Uhrmacher, die sie kannte. Sie müsse noch vor der Mutter zu Hause sein, sagte sie dann jedoch, die Mutter wisse nicht, dass sie aus dem Haus gegangen sei.

Sie solle doch am nächsten Samstag wiederkommen, hörte sie ihn sagen, und sie spürte, wie er sie einen Atemzug lang am Armgelenk festhielt, auf eine seltsam schüchterne Art. Die Sache mit den Vogelweibchen nahm sie ihm ja ab, aber was er da zuletzt gesagt hatte, dass er die kleine Siffertin immer wieder heimschickte, das glaubte sie einfach nicht.

3

Sie dulde es nächsten Sonntag nicht wieder, dass sie ihrer Pflicht, zur Kirche zu gehen, nicht nachkomme, sagte die Mutter in ernstem Ton, und sie solle es bei der nächsten Beichte nicht vergessen. Nur, was die Mutter da immerzu summte, während sie mit dem Plätteisen hantierte, war kein Kirchenlied. Es gehe ihr nicht mehr aus dem Kopf, dieses Lied, sagte sie und fing, soweit sie den Text noch kannte, zu singen an.

„Komm, feines Liebchen, komm ans Fenster, alles still und stumm, die Verliebten und Gespenster wandeln nur herum." Es habe sich in ihre Ohren gebohrt, erinnere sie zu ihrem Ärger ständig daran, dass sie alle, die sie es gestern bis über Mitternacht im „Bären" ausgehalten hatten, wegen Übersitzens angezeigt wurden. Der Uhrennazi habe mit seiner zauberischen Musiklade aufgespielt, lächelte sie, und der Vagabundi habe sie mit Geschichten unterhalten. Die Weibervölker seien ganz gebannt gewesen.

Die Verliebten und Gespenster wandeln nur herum! Wie ein Hündchen war sie ihm nachgelaufen! Wenn die Mutter wüsste! Wie er sie angesehen hatte, als er sagte, sie würde auf seiner Bühne tanzen, als würde er sich wie ein Maler jeden ihrer Gesichtszüge einprägen, um sie dann an den Holzbildhauer weiterzugeben. Dabei tanzte sie doch schon, tanzte wie die Figuren auf seinen Uhren; seit sie ihn zum ersten Mal gesehen hatte, waren seine Stimme, seine Worte zu ihrem Mittelpunkt geworden, auf den sich alles zudrehte. Sie drehte sich immerzu nur um ihn, und ihre Gedanken, ihre ganze Welt, alles drehte sich mit. Mit einem kehligen Lachen warf sie ihren Kopf zurück. Sie könnte darauf wetten, der kleinen Siffertin hatte er dasselbe erzählt. Die Sache mit dem verzahnten Rad traf mitunter auch auf Menschen zu, wusste sie, besonders auf die hintersinnigen Uhrmacher. Wenn einer erst einmal einen Spalt im Rädchen hatte, dann sperrte sich die gute Passung von Rad und Trieb seiner Lebtag, dann war nichts mehr zu machen.

Ein rotes Kleid nach französischem Schnitt bedeutete mit großem Dekolleté! Hierzulande trugen die Frauen Mieder, die jeglichen Ansatz von Brust platt drückten, es dürfte ihm nicht entgangen sein. Sie schob die Stoffballen zur Seite, mit einem Ruck schob sie alle auf die andere Seite des Tisches. Was sie nur habe, wollte die Mutter wissen.

„Braun und Blau trägt jede Bauersfrau!", sagte sie, und ihre Stimme klang trocken. Rote Kleider trägt man in Paris, würde die Mutter sagen, es wäre sinnlos, ihr davon zu erzählen. Was derzeit aus Paris komme, sei ihr nicht genehm, würde sie sagen, die Mutter. Der Pfarrer habe gesagt, wer wisse, was dieser Napoleon noch im Schilde führe! In Mariazell oben würden die Klostergüter bereits verschleudert.

„Der junge Hugbauer hat gestern nach dir gefragt", hörte sie die Mutter wie von weit her sagen, und ihre Stimme hatte etwas Aufforderndes, Vorwurfsvolles. Am Margarethenfest in Waldkirch unten hatte er sie von seinem hübschen Zweispänner herab, die Pferde mit langen, roten Ohrenholstern, angestarrt, als habe er soeben eine Erscheinung gehabt. Er machte ordentlich Staat, das war auch der Bannmüllerin nicht entgangen, die sie auf dem Heimweg mit ihren weit ausholenden Schritten eingeholt hatte und bedauerte, dass zu Hause die Heuernte anstand.

„Statt Maulaffen feilzuhalten, tätest du besser daran, dem Pfarrer die ausgebesserten Altartücher zurückzubringen", sagte die Mutter und schlug die Tücher in dickes Papier ein. „Aber nimm den Schirm mit, es regnet!"

Sie war schon den zweiten Sonntag nicht zur Kirche gegangen. Wer nicht zur Kirche ging, musste zumindest krank sein. Er hätte längst nachfragen können, ob seine Weste fertig sei, dachte sie und ging ihres Weges, offensichtlich war ihm nichts an ihr gelegen. Sie konnte sich nicht helfen, vor ihren Augen stand immer wieder die kleine Siffertin am Fenster, wie sie zu ihm hinüber sah. Eigentlich war er doch schüchtern, er ging nur in geschäftlichen Dingen auf die Leute zu, und wenn sie meinte, er säße in sich selbst versunken über seinen Gedanken, nahm er sie durch die geschlossenen Augen wahr. Sie wurde nicht recht schlau aus ihm. Aber die Mutter hatte er in seinem Bann. An ihr bewies sich, was er über die Vogelweibchen erzählte, so munter gab sich die Mutter selten.

Der Fuhrknecht des alten Siffert kam ihr auf dem leeren, von vier Pferden gezogenen Holzgespann entgegen, er hatte die Bretter das Tal hinuntergebracht, von wo sie rheinabwärts geschafft wurden und viel Geld einbrachten. Sie könne ihren Schirm abspannen, rief er ihr zu, es regne längst nicht mehr.

Er hatte etwas von der Ironie und der Überheblichkeit seines Dienstherrn. Der Siffert hatte eine Freiluft-Kegelbahn hinter seinem Haus angelegt, auf der sich seine Söhne, nicht ohne Lärm zu machen, an den Sonntagen die Zeit vertrieben und ein Fässchen Bier aufmachten. Sie würde der Haushälterin des Pfarrers das Päckchen, das sie sich unter den Arm geklemmt hatte, in die Hand drücken und dann nebenan in der Kirche die Gottesmutter darum bitten, ihre Gedanken von ihm loszulösen. Für immer. In Mariazell gab es eine Orgel des gottseligen Silbermann, fiel ihr ein, sicher ließ er sich dort auch wieder im Intonieren unterrichten, im Regen würde er kaum am Umbau weiterarbeiten.

Sie hatte, bevor er hier aufgetaucht war, auch ein Leben gelebt, wenngleich sie jetzt auch das Gefühl beschlich, er erst habe sie zum Leben erweckt. Sie würde ihn sich schon austreiben, den Uhrennazi. Auch wenn sein Gesicht vor ihren Augen auftauchte, wohin sie ihre Blicke auch lenkte, im Garten des Pfarrers, im frisch aufgefüllten Weihwasserbecken.

Orgelklang, immer wieder verstummend, empfing sie an der Kirchentür, hin und wieder Männerstimmen und der Widerhall von Schritten. Sie hatte dies wohl wahrgenommen, wie von fern, ließ sich aber nicht davon abhalten, vor dem Marienaltar flehend ihr Anliegen vorzubringen.

„Da bist du ja“, flüsterte er ganz nah hinter ihr, und sie drehte sich erschreckt um, sah in sein Gesicht, dann auf seine Hände, die etwas verlegen um einen Zollstock spielten. „Ich habe dich vermisst.“ Seine Augen schienen jede Linie ihres Gesichtes abzutasten, zu streicheln, als habe er sie lange nicht mehr gesehen, hundert Jahre und mehr, als wolle er sich vergewissern, dass sie immer noch dieselbe sei. Er sei ein paar Tage im Elsass drüben gewesen, in Straßburg und in Ensisheim, um seine Uhren zu verkaufen, flüsterte er ihr wieder zu, habe gehofft, sie am Sonntag nach der Kirche wieder zu sehen.

Sie spürte, wie ihr unter seinem hilflosen Lächeln die Hitze in die Wangen schoss. Er sei hier, um die Mensuren aufzunotieren, bemerkte er kurz, die Durchmesser der Pfeifen, die Praxis lehre oft etwas anderes als die Theorie, und wer sich im Kirchenorgelbau nicht auskenne, sei nicht in der Lage, Treiborgeln herzustellen. Seine Verlegenheit rührte sie. Er warf einen suchenden Blick zur Orgel hinauf, fragte, ob er sie heute oder morgen sehen könne.

„Morgen", sagte sie, „bei der Brücke über dem Aubach. Morgen. Wenn es dunkelt."

4

Ihr Weg führte über die frisch gemähte Wiesenfläche am Waldrand entlang. Auf der steil ansteigenden und mit Gras bewachsenen Anhöhe gegenüber weidete eine große Zahl Kühe, deren Glocken sie hören konnte, so weit weg sie auch waren. Hin und wieder knallten die Peitschen der Hütejungen, die ihre Ziegen heimwärts trieben. Die Sonne war hinter den Bergen über dem Rhein untergegangen. Der Stein hinter dem Gebüsch in der Nähe des Baches war noch warm. Der Aubach schlängelte sich das Tal hinunter, grub sich in die Auen ein, um sich bei Gelegenheit wieder in ein tiefes Becken zwischen wuchtigen Felsen zu stürzen. Als Kind schon war es eines ihrer größten Vergnügen gewesen, an einem solchen Gumpen zu sitzen, auf das klare, über Sand und Geröll gleitende Wasser zu starren, wo es immer ein paar dieser zierlichen Forellen zu sehen gab, die, ständig mit dem Kopf gegen die Strömung, unbeweglich an der gleichen Stelle verharrten. Beugte man aber nur den Kopf ein bisschen vornüber, waren sie pfeilschnell auf Nimmerwiedersehen verschwunden.

Es war eine eigenartige Stille. Von Zeit zu Zeit zuckte sie zusammen, wenn eine der Forellen mit einem Platsch aus dem Wasser schoss, um nach einer Fliege zu schnappen. Sonst war keinerlei Leben zu beobachten. Je mehr sie darüber nachsann, wie dumm sie doch gewesen sei, ihm ohne Umschweife zuzusagen und wie dumm sie erst sei, der Mutter deshalb Lügen aufzutischen und hier auch noch auf ihn zu warten, umso stärker klopfte ihr Herz. Sie würde irgendwann den Wormser Schneider aus dem Ibendorf heiraten oder den Sohn des Hugbauern oder den des Schlossmüllers. Oder besser noch den des Herrenbecks in Waldkirch. Süße Wecken waren verlässlicher als Liebe, jeder hier dachte so.

Sie bohrte gedankenverloren ihre großen Zehen in den Bachsand und fuhr dann in einem Schrecken hoch, als vor ihren Augen im Wasser kurz hintereinander etwas aufschlug und spritzte.

Er stand mit einem Mal neben ihr, ein paar Steine in der Hand, und sein Lachen steckte an. Es sei wohl dumm, sich hier zu treffen, sagte sie, als könnte sie damit alle Bedenken von ihrer Seele schütteln. Er zuckte lächelnd mit den Schultern. Ein Mensch, der keine Dummheiten mache, mache auch nichts Gescheites, sagte er, während er gespannt die Forellen beobachtete. Als Junge habe er sie mit der bloßen Hand gefangen, bei der Zeller Mühle sei die beste Stelle gewesen. Er warf die restlichen Steinchen ins Wasser, eines nach dem anderen, während er sich neben sie setzte und ihr die kalten Füße mit den Händen wärmte. Als Kind habe er sich die Füße in warmen Kuhfladen gewärmt, begann er zu erzählen, und sie meinte, Verlegenheit in seiner Stimme zu hören. Natürlich sei er dann zu spät zur Schule gekommen und habe zudem nach Kuhmist gestunken. Der Lehrer habe ihn darauf mit zugehaltener Nase unter dem Spott der Mitschüler an den Ohren aus dem Schulzimmer gezogen.

Er sei als drittes von vier Kindern geboren, zu Beginn desselben Jahres, gegen dessen Ende die große Kaiserin von Österreich gestorben war, deren Sohn bald das Volk zu Sparsamkeit zwang und ihm die Gelegenheiten zum Geld ausgeben versauerte, indem er alle Kirchweihfeste im Land auf einen einzigen Tag, den dritten Sonntag im Oktober, festlegte.

An den Ort seiner Geburt habe er keine deutliche Erinnerung, setzte er nach einer Weile sein Erzählen fort und fuhr dabei behutsam mit seinen Fingern die Konturen ihrer Zehen nach. Nur an das helle Licht der Sonne erinnere er sich, wenn er am Morgen neben seinem zwei Jahre älteren Bruder Andreas und den beiden Schwestern erwachte, an die Staubteile, die in diesem frühen Licht über der gemeinsamen Bettdecke tanzten, an die grünen Hügel, die Blätter des alten Walnussbaums vor dem Fenster und an die harten, schwieligen Hände des Vaters, der als Sägenmacher beim Zeller Schmied arbeitete.

Aus ihren Augenwinkeln sah sie, wie er den Kopf zurücklegte und scheinbar seine Augen am dämmrigen Himmel entlang wandern ließ.

„Da, siehst du, da!“, sagte er in das plötzlich entstandene Schweigen, zeigte auf den hellsten Punkt am Himmel tief im Südosten und drehte ihr Gesicht in diese Richtung, eine Berührung, die bestimmt war und sanft zugleich. „Jupiter wird jetzt immer kleiner und blasser. Nach Mitternacht wird er bald schon verschwunden sein. Der Sommer nimmt langsam Abschied.“ Noch zirpten die Grillen. Er habe in den letzten Tagen in Straßburg gutes Geld gemacht, erzählte er. Den Winter über würde er beim Scherzinger wohnen bleiben. In Miete bleibe er unabhängig, könne sein Geld in neue Entwicklungen stecken.

„Da“, rief sie überrascht. „Hast du gesehen? Eine Sternschnuppe! Da, schon wieder!“ Sie traute sich kaum zu atmen, suchte fieberhaft den Himmel ab.

„Ich habe dem Holzbildhauer Napoleon in Auftrag gegeben“, hörte sie ihn erzählen. „Ich habe ein Stück von einem Wiener Komponisten aufgenagelt, da ist mir diese Geschichte wieder in den Sinn gekommen.“

Napoleon mit den schönen Dingen des Lebens in Verbindung zu bringen, wäre ihr nie eingefallen, gestand sie. Doch, sagte er, Napoleon habe in Wien einmal ein Stück dieses Komponisten gehört und sei davon so sehr berührt gewesen, dass er dessen Namen nie mehr vergaß.

„Eines Tages“, fuhr er fort, „als dieser Komponist im Sterben lag, flogen Napoleons Kanonenkugeln in allen Tonarten durch ganz Wien, auch durch den Garten des Komponisten. Als Napoleon erfuhr, dass dieser seinen Namen mit Furcht und Schrecken gleichsetzte, kommandierte er eine Ehrenwache ab, damit der Mann, dessen Musik ihn so sehr an der Seele gerührt hatte, in Frieden sterben konnte.“ Diese Geschichte rühre ihn immer wieder, hörte sie ihn sagen, Melancholie lag in seiner Stimme. Über die Dame in Rot verlor er kein Wort.

„Du fürchtest dich vor dem Tod?“, flüsterte sie fragend. Er nickte und lächelte etwas verlegen. „Deshalb nehmen mich die Frauen wohl gerne in ihre Arme.“ Sie wusste gar nichts darauf zu sagen, und zu fragen stand ihr, wie sie meinte, nicht zu.

„Da ist wieder eine! Da! Da!“, sagte er plötzlich nach längerem Schweigen. „Wünsch dir etwas! Schnell!“

Sie zögerte.

„Ich weiß nicht“, sagte sie, und sie versuchte, die Verlegenheit in ihrer Stimme mit einem Lächeln zu überdecken. „Ich glaube nicht, dass meine Wünsche in Erfüllung gehen. Ich habe mir noch nie etwas wünschen dürfen.“

Eine wie sie, sagte er, müsste sich doch schon einmal etwas gewünscht haben, so von ganzem Herzen, und wenn es nur eine Zuckerstange gewesen sei. Jeder Mensch habe doch Wünsche.

Nein, sagte sie, nein, sie sei nie gefragt worden, nicht einmal, ob sie ein rotes Kleid tragen möchte. Sie spürte, wie er sie aus den Augenwinkeln betrachtete. Er habe sich nie von seinem Wunsch, Kunsthandwerker zu werden, abbringen lassen, fing er zu erzählen an, seinem großen Traum sei er immer gefolgt. Wie ein Stern habe er ihn über Berge und Täler geführt in die Werkstätten der Uhrmacher, der Instrumentenbauer und in den Unterricht der Chorherren von Mariazell. Wann immer er auf Unbekanntes, Interessantes gestoßen sei, von dem er glaubte, es bringe ihn weiter, sei er an seine Werkbank geeilt, um darüber zu brüten.

Der Mensch sei auf der Welt, um sich die Sterne vom Himmel zu holen, lächelte er, das Leben währe nicht ewig. Zumindest einen Wunsch müsste sie doch zuvorderst auf der Zunge haben, lockte er sie. Allerdings sollte sie sich hüten, ihn auszusprechen, er würde sich sonst niemals erfüllen.

Sie hing immer noch mit ihren Gedanken an der Geschichte von Napoleon in Wien. Sie wunderte sich, dass auch große Männer die Welt verlassen mussten. Sogar Komponisten.

„Man sollte sich wünschen, unsterblich zu sein“, sagte sie. Sie war ins Grübeln gekommen. Über die verrinnende Zeit, über das Sterben, den Tod. Ihr war in diesem Augenblick, als hätte er ihre Gedanken gelesen. Sie traute sich nicht, ihn anzusehen.

„Der Mensch ist nicht dazu geboren, ewig zu sein“, sagte er, „irgendwann müssen wir alle sterben. Auch Napoleon.“

Weshalb er sich denn dann mit seinen Uhren so abmühe und sich den Winter über nicht wie andere Leute auf die faule Haut lege, fragte sie.

Er mache weder die Zeiger noch die Zeit, sagte er, er fülle die Zeit nur aus. Unsterblich zu sein wäre für ihn eine Strafe. „Stell dir vor, es ginge immer weiter und weiter. Es wären immer dieselben Geschichten, die dich langweilen, immer dieselben Fehler. Du könntest nichts daran ändern, und es gäbe keine Erlösung, keinen Tod.“

„Aber die Liebe“, warf sie ein.

„Die Liebe“, sagte er sinnierend, als wüsste er hier nicht weiter, „ja, die Liebe. Sie stirbt am Ende an Überdruss.“

Es war Sommer. Ob die Sterne an einem anderen Ort weit weg von hier fremdeln, fragte sie nach einer Weile träumerisch in den Nachthimmel hinein.

„Sie baden nachts ihre Füße im Genfer See“, gab er ihr mit einem Lächeln zur Antwort, als wundere er sich darüber, dass sie das nicht wusste. Der Lire-Michel habe es ihm erzählt, er müsse es wissen. Der Lire-Michel stammte aus Savoyen, und in seinen schwarzen Augen spiegelte sich das Fremde, Nachlässige des Welschen. Welschkorn verfütterte die Mutter an die Hühner, auf den Tisch kam es ihr nicht.

„Du riechst gut“, raunte er ihr plötzlich zu, und eine ergebene Zärtlichkeit lag in seiner Stimme. „Nach Muskat. Und ein bisschen nach Nelken. Wie eine Gewürzhändlerin.“ Er schloss seine Augen und begann, wie ein Mann, der ins Gebet versunken war, leicht zu wanken.

„Meine apfelbrüstige Liebste, du“, flüsterte er und drehte den Kopf, so dass seine Wange an ihrer lag. Er berührte ihre Brüste und Brustspitzen, als würde er nie wieder die Gelegenheit bekommen. Sie ließ es zu, dass er ihre Haut mit seinen rauen Handwerkerhänden rosig rieb. Sie waren überall auf ihrem Körper, und jeder Teil davon war hellwach und unruhig. Er sagte kein Wort. Seine Körperteile waren ihr plötzlich so vertraut wie sein Geruch, der nun an ihren Kleidern, an ihren Unterarmen haftete, der Geruch von Uhrmacheröl und Kernseife. Er strich wortlos mit den Händen über ihren nackten Rücken, die Rippen abwärts; bis sie schauderte, fühlte die Grübchen an ihrer Hüfte. Sie wehrte sich nicht.

Nach einer Weile rutschten sie das Ufer hinauf, als müssten sie der Flut ausweichen. Sie kletterten in höhere Bereiche, auf das Gras, auf den wilden Thymian, der ihr in die Sinne stieg. Er befreite seine Füße aus der Hose und machte daraus auf den langen, abgeflachten Halmen ein Bett für sie. Vom Bach her wehte schon ein kühler Wind.

5

Venus ging zu dieser Jahreszeit kurz vor der Sonne im Osten auf, und die Leichtigkeit, mit der die Schwalben, kaum war der Morgen da, zwischen den Bergen hin und her schossen, als triebe sie eine unsichtbare Macht fort von hier, löste eine feierliche Unruhe in ihr aus.

Es war kleiner Frauentag. Die Mutter war dahinter gekommen, dass sie heute nicht alleine nach Mariazell zum Hochamt pilgerte. Ihr dies zu verschweigen, wäre auch nicht klug gewesen. Wenn der Teufel es wollte, würde sie dort dem Gallibauern, dem Ochsenwirt und der Waldvoglerin über den Weg laufen, selbst wenn sie ihnen dadurch entkommen würde, dass sie statt den Wallfahrtsweg zu benutzen, den Zweribach entlang über Wildgutach zum Hohwald hinaufstiegen. Es machte sie übermütig, schweigend an seiner Hand über die grünen, noch mit Tau bedeckten Wiesen und die von dunklen Waldrändern begrenzten Grashänge zu gehen.

Wenn sie außer Atem eine kurze Zeit innehielten, sahen sie die gewaltigen grauen Strohdächer vereinzelter Höfe und auf den noch nicht abgeernteten Feldern einige Knechte und Mägde auf voll beladenen Wagen das letzte Korn einfahren, in der Ferne die in Dunst gehüllten Vogesen. Weit hinter dem Waldrand stieg träge der hellblaue Rauch eines Kohlenmeilers auf. Dieser Morgen war erfüllt vom Duft des wilden Thymians. Dieser Duft würde sich fortan warm auf ihre Seele legen, wenn sie an ihn denke, spürte sie, würde sich in ihren Erinnerungen feierlich mit dem Summen der Bienen vermählen und dem mächtigen metallischen Klang der Glocken, deren Läuten von den gegenüberliegenden Bergen widerhallte.

Sie war es, die zuerst die beiden Zwillingstürme der Klosterkirche in der frühen Morgensonne leuchten sah. Sie liebte diesen Anblick, und es war ihr jedes Mal wieder aufs Neue, als läge Mariazell auf einer großen, weichen, warmen Mutterbrust in der Sonne. Ein Hahn krähte und stolzierte ihnen ein Stück des Weges voran. Ein Mädchen in voller Sonntagstracht huschte daher. Es trug nicht die schwarze seidene Kappe mit den Schmetterlingsflügeln wie sie, sondern hatte die Haare in drei Zöpfen auf dem Rücken, verflochten mit breiten, roten Bändern, deren Enden beinahe an die Rockkante reichten und bei jedem ihrer schnellen Schritte im Sommerwind flatterten. Den gelb lackierten, gekalkten und etwas aus der Mode gekommenen Zylinder aus geflochtenem Stroh trug sie etwas verschämt in der Hand.

Sie würden zu spät kommen.

Eine brausende Orgel empfing sie, die Orgel des gottseligen Silbermann aus Straßburg, etwas französisch, etwas italienisch, lieblich und silbern, ein beinahe leerer Weihwasserkessel, brennende Kerzen und mit Gold verzierte Marienbilder. Rauchschwaden und betäubender Weihrauchduft erfüllten das Kirchenschiff, die ganze große Kirche war voll von Menschen, das Hochamt war schon in Gang. Die, die drinnen keinen Platz fanden, standen außerhalb der offenen Kirchentüre und versuchten, den Rosenkranz in der Hand, von der Lesung und dem Gesang aufzuschnappen, was sie konnten.

Sie zwängte sich durch das Menschengedränge auf die Seite der Frauen, wo die Waldvoglerin und die Schlossmüllerin doch so anständig waren, so weit zusammenzurücken, dass sie sich noch dazwischen drücken konnte. Über die Köpfe der unzähligen Andächtigen, von denen viele von auswärts gekommen waren, ragte bei der anschließenden Prozession eine lange Reihe mit Gold bestickter Bildfahnen und mit Blumen und glitzernden Steinen geschmückte Kruzifixe. Doch kaum war die Andacht verflogen, zündeten sich die jungen Bauernsöhne Stumpen an und riefen den Mädchen zu, die lachend und schwatzend an ihnen vorbeigingen.

Sie saß mit ihm im Schatten unter den Linden inmitten der vielen Menschen, die in den Wirtshäusern keinen Platz mehr gefunden hatten und nun nach der Kommunion die erste Mahlzeit des Tages zu sich nahmen. Mit einem scharfen Messer schnitt er, ein Holzbrett auf den Knien, feine dünne Streifen vom Speck, das Fett fest und rosafarben und würzig, belegte kleine Brotstückchen damit und schob sie ihr nach und nach in den Mund.

Ihr war schon elend gewesen, als der Pfarrer mit der Monstranz am Altar den Wettersegen erteilt hatte, da hatte sie schon gemeint, sie müsse vor Schwäche umfallen. In dieser Kirche dürfe sie allenfalls vor Bewunderung der Werke des großartigen Holzbildhauers Mathias Faller umfallen, sagte er. Bei deren erstem Anblick sei er zu Tränen gerührt davor gestanden.

Schon als Bub habe er davon geträumt, einmal Marienfiguren zu schnitzen und für die Krippe das

Jesuskind und die Heiligen Drei Könige, oder sie als Fassmaler zu vergolden. Aber er habe eben bald Geld verdienen müssen. Als Maurer. Er erinnere sich noch gut daran, wie er sich heimlich Vaters schärfstes Messer aus der Tischschublade geholt hatte. Er lachte kurz auf. Den Sackpfeifer hatte er schnitzen wollen aus einem Scheit Holz, er hatte ihn bildlich vor Augen gehabt, den Sackpfeifer mit der Zampogna und dem Hut mit der breiten Krempe, der an Weihnachten immer vor der Krippe gestanden hatte, ein Bein vorgestellt im frischen Moos, mitten unter den Schafen in „Maria zu den Ketten". Messer und Holzscheit habe ihm der Vater ausgetrieben, habe ihm, ehe er sich versah, eine saftige Ohrfeige verpasst, und ihn mit den harten Händen eines Schmiedes im Genick gepackt. Wie ein heißes Stück Eisen, das man schnell wieder loswerden möchte, habe er ihn gepackt, auf dem finsteren Dachboden abgesetzt und die Türe verriegelt.

Sie studierte sein Profil, hatte ihr Vergnügen an seinen dunklen Locken, wenn der Wind durch sie fuhr. Es sei doch ein richtiger Kunsthandwerker aus ihm geworden, scherzte sie, wüsste sie dies nicht, sähe sie es an seiner Art, vom Speck zu schneiden. Sie genoss es, ihn aus den Augenwinkeln dabei zu beobachten. Er müsse einen guten Lehrmeister gehabt haben.

Er habe überhaupt nie einen Lehrmeister gehabt, sagte er, zumindest was die Uhrmacherei betreffe, und trennte sorgfältig ein weiteres Stück von der Schwarte. Doch durch Probieren und logisches Überdenken sei er von selbst auf viele Lösungen gekommen, die manchem Meister noch Probleme machten. Und da er als Maurer schon an den Umgang mit Plänen gewohnt gewesen sei, habe er auch in zwei Minuten die Zeichnungen für den Walzenbau lesen können.

Sie liebe diesen Wacholdergeschmack, sagte sie und schleckte sich die Finger ab. So müsse Speck schmecken! Am liebsten würde sie dieses Geschmackes wegen an der Schwarte nagen. Doch dann würden die Leute rundherum dumm schauen. Dann würden sie sagen, die Schneiderstochter bekomme selten Speck zwischen die Zähne, deshalb müsse sie jetzt auf der Schwarte herumkauen, und da hätten sie auch Recht, die Leute. Was sie denn sonst noch möge, fragte er sie. Himbeersprudel, sagte sie mit einem Lächeln.

„Mariae gebor'n, Bauer sä' Weizen und Korn!", hörte sie nebenan eine Männerstimme sagen. Viele Bauern waren schon wieder im Aufbruch, es war Samstag, und nach einer alten Wetterregel würde die nächsten vier Wochen das gute Wetter noch anhalten. Dennoch war noch immer ein reges Durcheinander, viele Menschen kamen erst, es wurden vom frühen Morgen bis in den Abend hinein Messen und Andachten gehalten.

Sie sah die dicken, weißen Wolken sich am blauen Himmel auftürmen, sah sie ihre Form verändern, sah die Leichtigkeit der Schwalben, die wie Pfeile durch die Luft schossen, geschäftig und übermütig und in Vorfreude auf ihren Abflug. Man nannte sie hier Muttergottesvögel, weil sie Ende März zu Mariae Verkündigung eintrafen, um Anfang September zu Mariae Geburt wieder zurückzufliegen in ihren anderen Sommer, woher sie gekommen waren. Von einer Stunde auf die andere, als hätten sie sich untereinander abgesprochen.

„Ah, sieh an! Der Herr Uhrmacher!" Die junge weibliche Stimme quiekste. Sie stellte sich als die der kleinen Siffertin heraus, die mit einem Mal, umringt von den beiden Töchtern des Ochsenwirts, vor ihnen in der Sonne stand. Eine dicke silberne Kette trug sie um die Taille, die hierzulande in der sonntäglichen Tracht bei den Frauen unter den Ärmeln endete und sie wie wandelnde Tonnen aussehen ließ, die eine mehr, die andere weniger, und die Siffertin ganz besonders.

„Ich soll mir ein Musikwerk von Euch wünschen", sagte sie mit spöttisch hochgezogenen Augenbrauen. „Der Vater wird es Euch in Auftrag geben. Eines wie dasjenige, das Ihr mir neulich vorgeführt habt, Ihr wisst schon, das mit den acht Musikstücken."

Er zeigte sich geehrt, und Barbara meinte, den Geschäftsmann aus ihm sprechen zu hören, als er sagte, er habe neue Melodien gesetzt, und er stünde gerne zur Disposition. Anna Maria Siffert mit den dunklen Knopfaugen erinnerte sie an eine gut über den Winter gekommene Haselmaus. Sie fragte, ob sie und die Töchter des Ochsenwirts ihnen Gesellschaft leisten dürften. In den Wirtshäusern gebe es weit und breit keinen Platz. Man habe ohnehin denselben Heimweg, und zu fünft sei es doch unterhaltsamer als zu zweit.

Totenstille legte sich zwischen sie. Sie boten ihr und den Töchtern des Ochsenwirts ihre Plätze an, da er, wie er beteuerte, noch bei Pater Jakob vorbeischauen müsse. Er stand auf und zog sie, die Tochter des Disch-Schneiders, die offensichtlich in seiner

Begleitung war, im Gegenzug an der Hand auf die Füße. Sie strich sich den Rock glatt und gab freundlich lächelnd vor, die Andacht noch besuchen zu wollen, da sie der Mutter ein geweihtes Marienbild versprochen habe.

In der Schankstube der Klosterwirtschaft fanden sie Platz an dem Tisch, an dem eine Handvoll älterer Männer, Bauernfürsten und Taglöhner, die Hüte auf dem Kopf und in eine Wolke von Tabakrauch gehüllt, Karten spielten. Die übrigen Tische, in deren Mitte jeweils eine dampfende Suppenschüssel stand, waren mit feiertäglich geschmückten Leuten besetzt, an deren Tracht leicht zu erkennen war, dass sie aus der Gegend stammten.

Die Auswärtigen verrieten sich mit ihrer Kleidung, wie die beiden jungen Frauen am Nebentisch. Schön, blass und geziert in ihren Gesten nahmen sie gemeinsam einen Krug weißen Glottertäler zum Essen. Sie trugen dunkle Seidengewänder nach dem Schnitt der feinen Welt, und an ihren Fingern funkelten Steine, je nachdem, wie das Licht darauf fiel, groß wie Erbsen oder wie die Zuckerstückchen, die der Klosterschneider immer lutschte, der gleichzeitig hier einen Krämerladen betrieb und bei den Chorherren als Kammerdiener in Diensten stand.

Hin und wieder drangen durch den Lärm englisch anmutende Satzfetzen. Die beiden Schönen mussten Töchter eines in London oder Cambridge lebenden Uhrmachers oder Juweliers sein. Sie trugen höchstwahrscheinlich den Namen Hummel, Schwär oder Wehrle.

Der Vater habe sie zur Sommerfrische in den Black Forest geschickt. Man solle ihnen hier beibringen, Spätzles und Knödles zu machen, erzählte die Ältere der beiden, und sie lächelte dabei, als ob sie nicht wüsste, dass sie in London in jeder Straße mindestens zehn Schwarzwälderinnen antreffen würde, die sie dies lehren könnten. Ein Quäntchen Majoran gehöre in die Knödles und geröstete Weißbrotwürfel, lachte die Schöne, das habe sie in der Zwischenzeit gelernt. Und die geschnittenen Nudles würden auf dem Federbett der Großmutter getrocknet, ergänzte die jüngere von ihnen, die auf den Namen Leslie hörte. Oh, sie liebe Knödles aus gekochten Kartoffeln, sie könnte eine ganze Schüssel auf einen Schlag davon vertilgen, mit ausgelassener Butter abgeschmelzt, so viel wie die Uhr schlagen könne, zwölf, sagte Leslie und löste damit Heiterkeit am Tisch aus.

Er wurde mit einem Mal nachdenklich, der Uhrennazi, schien, in seiner Welt versunken, über einer neuen Idee zu brüten. Sie nippte an ihrem schäumenden Himbeersprudel, sah kaum von ihrem Glas auf. Das müsse unter ihnen bleiben, raunte er ihr zu und drückte dabei ihre Hand unter dem Tisch: Auf einer Schwarzwälder Flötenuhr habe er einmal ein Männle gesehen, das sich mit einem Löffel aus einer großen Schüssel so viele Knödel in seinen Mund geschaufelt habe, wie gerade die Stunde geschlagen hatte. Eine große Kinnlade habe es gehabt und einen kugelrunden Bauch. Und den Hut auf dem Kopf, wie die Männer hier in der Schankstube von Mariazell. Es würde eine Attraktion abgeben. Auf seiner Uhr. Oder auf seiner Treiborgel.

In der Schankstube saßen einige der gemachten Männer, „Schwarzwaldengländer“, die zur jährlichen

Abrechnung in den Schwarzwald zurückgekehrt waren. Ihm sei unterwegs zugetragen worden, dass Schwarzwälder Uhren nicht mehr so genau gingen, hörte sie einen kleinen, dicken Herrn mit rotem, glänzendem Gesicht sagen, der sie die ganze Zeit schon aus den Augenwinkeln beobachtet hatte, als müsste er überlegen, woher er ihr Gesicht, zumindest dem Modell nach, kannte. Dies läge certainly nicht an den Uhren, fiel ihm einer mit einem goldenen Ring am kleinen Finger und einem Glas Bier in der Hand ins Wort, die Menschen seien nur genauer geworden. Er war hager und stocksteif und bewegte beim Sprechen kaum die Oberlippe. Oh no, erwiderte der erste, er verbürge sich dafür, dass die Uhren des Kollegen Wursthorn so raffelten, dass man sie eine halbe Stunde weiter noch höre.

Gelächter brach aus, als einer der Lehrjungen erzählte, dass sie bei manchen Uhren die Holzachse mit Bronzefarbe anstrichen, um ihnen den Anschein von Metall zu geben. Die Angestrichenen verkauften sich eben gut in England.

Eine Fachsimpelei folgte über die sogenannten Engländeruhren mit ihrer einfachen runden Form, über High Quality und großes Business. Und der Klosterwirt, der als Packer fungierte und den Uhrenhändlern die von ihnen angeforderten Zeiger, Ketten, Räder und Schilder auf hochbeladenen Sechsspännern über Freiburg, Breisach, Straßburg, Paris, Boulogne nach London verschickte, dachte laut darüber nach, dass die Schwarzwälder mit ihren Uhren eigentlich dazu beitrügen, dass in den Fabriken Manchesters schon bald immer und immer schneller gearbeitet werden müsste. Doch sollte sich der Kunde im ganzen Uhrenland darauf verlassen können, dass er, kaufe er bei einem Schwarzwälder eine Uhr, dieser binnen eines Jahres wieder bei ihm vorbeikomme, um sie nachzustellen oder zu reparieren.

„Wisst Ihr, was der Rankbauer erzählt?“, fragte der windige Klosterschneider in die plötzlich entstandene Stille und strich sich mit flinken Gesten verheißungsvoll über seinen langen, spitzen Bart. „Der Rombach hat ein englisches Weib genommen. Goddam, ich sage Euch, am ersten Morgen musste er ihr das Frühstück ans Bett bringen, am darauf folgenden wieder, und jedes Mal ist sie erst zum Mittagessen aufgestanden.“ Sein Bericht löste Empörung aus.

„Danach hat sie sich ans Feuer gesetzt“, fuhr er fort, „hat nichts angerührt. Nicht einmal den Tisch hat sie abgeräumt!“ Und was das Schlimmste sei, berichtete er und erntete Lachsalven, sie habe nicht abwarten können, bis er vom Handel wieder zu Hause gewesen sei, der Rombach, man könne sich denken, was ihr gefehlt habe! Der Rombach sei verloren, alle waren sich mit ihm einig, sterben sei doch besser als verderben, und es passte dem Klosterschneider überhaupt nicht, dass ihn die Stimme seiner Frau in den Krämerladen zurückrief.

„Uhrennazi“, rief darauf ein älterer Herr mit Backenbart, wie ihn in dieser Gegend sonst keiner trug, über die Köpfe der Leute hinweg, „Euch täten ein paar Jahre England auch gut, warum kommt Ihr nicht mit? Wenn Ihr erst am großen Wasser steht, dessen Wellen höher sind als jeder Hof hier, wenn Ihr das Flattern der Segel in den Ohren habt und

Euch der Wind um die Nase weht, lässt es Euch nicht mehr los. Dann wollt Ihr auch nicht mehr wie ein eingesperrter Singvogel leben. Goddam, ich sag Euch, wenn Ihr an der Themse am Hafen steht und zuseht, wie die großen Frachter aus aller Herren Länder, die der Ostindienfahrer und die der Auswanderer, entladen werden, da fühlt Ihr Euch am Nabel der Welt!"

In London gebe es schneeweißes Brot und viel fettes Fleisch, rief ein anderer dazwischen, und so viele Leute auf den Straßen, dass nicht einmal eine Maus ein Durchkommen habe.

„Kommt mit!", forderte ihn der Erste auf. „Ihr bräuchtet nicht wie andere mit der Krätze auf dem Rücken und Glöckchen schlagend im englischen Wetter übers Land zum Verkaufen, Ihr könntet Eure Flötenuhren bei mir im Geschäft an der London Bridge verkaufen oder bei meinem Vetter in der East Street."

Auf einen Schlag war es still geworden. Der Gedanke, dieser Mann könnte ihn für eine Überfahrt nach England begeistern, fuhr ihr in die Glieder, brachte ihr Herz zum Klopfen. Und dann rief einer von ihnen, der Uhrennazi sei bestimmt clever genug, die schöne Schneiderstochter nicht einem anderen zu überlassen. Und einer, er musste schon etwas zu viel getrunken haben, warf ein, in England seien die Weibervölker auch nicht übel, sein Meister sehe bei einer bestimmten Bäuerin in Bishop's Stortford mehr als einmal im Jahr nach der Uhr. Doch obwohl man in Erheiterung ausbrach, lag der Gedanke, dass hier einer mit seinen Flöten- und Männlesuhren zur Konkurrenz werden könnte, schwer auf der Seele der

Männer, die beim Versteigern von Höfen gern als die Meistbietenden auftraten und in Freiburg privatisierten. Dass sie das Heimweh erfasste, wenn sie auf den ausgeladenen Kisten einen Stempel sahen, der den Namen Winterhalter oder Hummel trug, war ihr zwischen den Zeilen nicht entgangen.

Schlag fünf Uhr stand einer nach dem anderen wie aufgezogen von seinem Tisch auf, verglich, ob die Stubenuhr mit seiner goldenen Taschenuhr übereinstimmte, die er an einer hochkarätigen Kette in der Brokatweste trug. Das Lied vom Kapaunerl im Salat kam ihr in den Sinn. Und der eine folgte dem anderen in das Lesezimmer, wo man den Tee reichte, Neuigkeiten austauschte, das Business besprach und unter sich zu bleiben verstand.

Das seien alles Füchse, hörte sie den Uhrennazi sagen, als sie hinter ihm auf die Straße trat, das Wertvollste an seinen Uhren seien die Musikwerke. Die meisten Flötenuhren, die bei den Clockmakers in den Regalen stünden, seien kindisches Gepfeife. Bald schon würde er Treiborgeln bauen. Treiborgeln mit einem Spiel tanzender Figuren würde die Zukunft gehören. Mit ihnen würde er die Stimmen der Trompeten, der Klarinetten aufs Haar nachahmen, Melodien, die in hundert Jahren noch abgespielt werden könnten. So, wie er diese gehört, wie er sie gesetzt habe. Und irgendwann würde er sich dann noch so ein rundzapfiges Sackührle kaufen, eines, wie es der Hummel und der Schwär trügen. Er sagte es mit den Händen in den Hosentaschen und den Blick zu den am Himmel sich auftürmenden weißen Schönwetterwolken, vor denen sich die Schwalben übermütig tummelten. Mit seinen Treiborgeln lasse sich mehr Geld verdienen als mit Uhren.

„Eigentlich haben mich immer Kirchenorgeln fasziniert“, sagte er nachdenklich, als nähme er Abschied von einem Traum. „Aber wenn die Klöster tatsächlich aufgelöst werden, wird es sich ausgeorgelt haben.“

Ignaz Bruders Treiborgeln würde man am besonderen Klang erkennen, prophezeite er. Und an den Figuren, die darauf tanzten. Und sein Lachen vermischte sich mit dem Läuten der Kirchenglocken, die zu einer der letzten Andachten riefen.

Warum sie so nachdenklich dreinschaue, fragte er.

Das ganze Geschäft der Schwarzwaldengländer bliebe doch an den Frauen hängen, sei ihr eben aufgegangen, sagte sie, zumindest da, wo sie auf ihren Höfen zurückblieben und ihre Männer nur ein paar Wochen im Sommer sähen. Sie trügen alles auf ihren Schultern. Diese Frauen dürften nicht funktionieren wie die Uhren des Wursthorn, scherzte sie.

„Frauen haben eben immer Recht“, entgegnete er lachend und legte den Arm um sie. „Das habe ich jetzt gemerkt.“

Es fiel ihr schwer, sich bei der Brücke über dem Aubach von ihm zu lösen. Immer hatte sie das Gefühl, als würde sie mit ihm die ganze Welt umarmen.

„Sehn wir uns morgen nach der Kirche?“, fragte sie.

Er ließ sich mit der Antwort Zeit.

„Du ziehst mich zu sehr auf!“, hielt er ihr vor und lächelte dabei wehmütig.

6

Man sagt nicht jedem Dahergelaufenen, was man denkt, und schon gar nicht, was man fühlt. Wenn sich an den Sonntagen ihre Blicke nach der Kirche versehentlich doch streiften, stieg das ganze Elend wieder in ihr auf. Ihre Seele glich täglich mehr dem abgeräumten Garten der Mutter, über den sich am Morgen gelegentlich schon Raureif legte.

Die Hirtenbuben hatten das Vieh längst von den Sommerweiden hinunter getrieben, es war der dritte Sonntag im Oktober. Von einem Tag auf den anderen waren die Schwalben verschwunden. Bald schon nach dem kleinen Frauentag war Barbara in einen stillen, leeren Morgen erwacht. Nur der schwarze Johannisbeerlikör, der zum Destilliervorgang am Nachmittag in der Sonne stand, erinnerte sie noch an den Sommer.

Es war Kirchweih, und es war schon recht kalt an diesem Montagmorgen. Sie beschichtete das selbst gebackene Brot mit Butter und nahm als weiteren Brotaufstrich mit dem Löffel Holundermus aus einer Schüssel auf dem Küchentisch, als die Mutter ihr auftrug, Kilbiküchle zu backen und zugleich auf Napoleon und diese gottlose Revolution schimpfte.

Der Vater und die Mutter waren gestern Abend im „Bären“ gewesen. Der Bärenwirt habe erzählt, im Anzeiger, dem Intelligenzblatt, habe gestanden, dass die Kunstschätze der umliegenden Klöster verkauft würden. Jeder, der das nötige Geld dazu aufbringe, könne sie über das Adelhauser Stift beziehen.

Man stelle sich nur so etwas vor, sagte sie Hände ringend, dann lägen die mit Goldfäden bestickten, mit Spitzen besetzten und mit Weihrauchduft vermählten Altartücher bald auf dem Stubentisch der Ochsenwirtin oder im Aussteuerschrank einer ihrer Töchter. Dann trinke der Ochsenwirt, so weit musste es kommen, seinen Wein bald aus dem goldenen, mit Edelsteinen besetzten Kelch, aus welchem der Pfarrer die Heilige Kommunion verteilte. Dann stünden die majestätischen silbernen Kerzenleuchter, die goldenen Wein- und Wasserkrüge bald auf der Anrichte der Siffertin.

Oh weh, es brächen schlimme Zeiten an, seufzte sie. Der Pfarrer habe erzählt, dass dieser Napoleon bei einer Durchreise vor Jahren den Basler Ratsschreiber im tiefsten Winter nach Paris bestellt und ihm die Aufgabe erteilt habe, die städtische Obrigkeit vor die Wahl zu stellen, selbst eine Revolution durchzuführen oder sich seinem vollständigen Diktat zu beugen. Die Mönche von Mariastein seien, als das Kloster zum Verkauf stand, ins Vorderösterreichische geflohen, und seitdem hindere sie dieser Napoleon daran, ihre religiösen Pflichten zu tun. Die Revolution habe die Bedürfnisse des Volkes übergangen, habe der Pfarrer gesagt. Wenn dieser Napoleon vor ihr stünde, sie würde ihn mit der Bratpfanne erschlagen. Aber der Most sei gut geworden, dieses Jahr, daran ändere auch dieser französische Scherenschleifer nichts, der angeblich die Nacht zum Tage mache, um über seinen Kriegsplänen zu brüten.

Unter den prüfenden Augen der Mutter schlug Barbara die Eier auf, rührte das Mehl, das Schmalz, die Butter, das Salz, den Zucker, die Hefe und die lauwarme Milch untereinander. Jeder Satz, den die Mutter sagte, alles erinnerte sie an Ignaz, ihren Weg den Zweribach entlang und dann und wann die stille Rast auf Tannennadeln, auf Öhmd. Und auf Liebe sowieso. An den Duft nach Uhrmacheröl und Kernseife an seinen Armen, an seine Musik, den noch ungekrönten neuen Kaiser der Franzosen, an das rote Kleid nach französischem Schnitt, an Speck und Himbeersprudel. Und immer wieder tauchte sein Gesicht vor ihr auf, hörte sie seine Stimme sagen, sie sei seine Liebste, nur sie.

Sie solle vorwärts machen, hörte sie die Mutter sagen, sie rühre schon eine halbe Stunde auf der Stelle, das Schmalz sei längst heiß.

Heute Abend würde sie wieder nicht zum Kilbitanz gehen, dachte sie, am Ende würde sie ihm dort über den Weg laufen, am Ende würde er ihr noch sagen, er befürchte, sie bringe zu viel Gefühl ein, und dann würde er noch denken, sie mache sich Hoffnungen. Sie würde in ihrem Schneckenhaus bleiben. Auch dann, wenn das zu ihrem Schaden sein sollte, auch dann, wenn das wehtat.

Vom Uhrennazi erzählte die Mutter nichts. Wenn er nicht im „Bären“ gewesen war, hatte er vielleicht im „Löwen“ oder im „Ochsen“ gesessen oder war gar nach Waldkirch hinunter gegangen zum Hammeltanz. Immer zog es ihn nach Waldkirch. Auf ganz seltsame Weise zog es ihn dorthin. Er hatte bestimmt die kleine Siffertin mitgenommen, über die hatte die Mutter nämlich auch kein Wort verloren.

Es war Kilbi. Die Welt, zumindest was sie für die Welt hielt, hatte sich bis zum Dienstagabend von der Arbeit befreit, sogar das Gesinde. Der Scherzinger, der Bannmüller, der Schlossmüller und dessen Sohn würden wieder aufspielen, der Scherzinger mit der Geige, die anderen mit den Klarinetten und der Trompete. Dass keiner sie vermissen würde, machte ihr nichts aus.

„Zu Hause zu hocken ist der sicherste Weg, als alte Jungfer zu enden“, sagte die Mutter am Abend. „So viele Gelegenheiten anzubandeln, bieten sich erst in einem Jahr wieder. Einen Teufel werde ich tun, mit anzusehen, wie andere die guten Partien angeln! Der Sohn des Hugbauern hat gestern schon wieder nach dir gefragt.“

Recht habe sie, die Mutter, sagte der Bruder. Der gefüllten Kalbsbrust des Löwenwirts käme keine gleich. Er würde sich sogar zum Tanz opfern, falls sie sich den Sohn des Hugbauern wirklich vom Leibe halten wolle. Einem gewissen anderen Herrn könne sie bestimmt aus dem Wege gehen, der habe derzeit alle Hände voll zu tun, raunte er ihr zu. Gerne hätte sie ihn gefragt, wie er das meinte, aber seine Worte drehten sich linksherum, rechtsherum in ihrem Kopf wie ein Ringelspiel.

Dann ging sie doch mit. Der Lire-Michel mit schwarzem Bart und dunklen Augen stand vor dem „Löwen“ und lamentierte laut darüber, dass er nicht wie die Schwarzwälder mit jenem besonderem Gedärm ausgestattet sei. Er jedenfalls könne diesen Most nicht saufen. Und als müsste er sich selber trösten, drehte er im Gelächter der Umstehenden seine Drehorgel, ein einfacher Holzkasten nur, mit Holzpfeifen, doch so laut, dass sie beinahe alles übertönte.

Wo der Lire-Michel war, konnte der Vagabundi nicht weit sein. Und wie sie befürchtet hatte, saß er neben dem Uhrennazi in der Wirtsstube am Tisch in der Ecke.

Um Himmelsgottswillen, da saß er! Saß über seiner gefüllten Kalbsbrust mit Kartoffelbrei und grünen Bohnen. Und noch bevor er aufsah, hoben Anna Maria Siffert und Kreszentia Ketterer ihren Kopf und nahmen sie wahr, die sie unter der Türe stand, wie ihr heiß und kalt und schwindelig wurde. Auf der Stelle wäre sie davon gelaufen, wäre sie nicht vom Andrang, der hinter ihr die Türe verstellte, daran gehindert worden.

„Lorenz, komm und tanz mit mir!“, rief sie dem Sohn des Hugbauern zu und streckte ihre Arme aus.

Der ließ sich nicht zweimal bitten, legte strahlend seine Hände auf ihre Hüften und riss sie von der Stelle weg. Tanzte mit ihr dadada, dadada, Polka, etwas ungelenk zwar, dadada, dadada, glückselig an den vorderen Tischen vorbei durch das Geschiebe und Gedränge, durch die Rauchschwaden und, dadada, durch den Bratenduft hindurch. Dass er kein Wort mit ihr redete, sie unentwegt anstarrte, als sei sie vor seinen Füßen vom Himmel gefallen, war ihr dabei recht.

Er beobachtete sie, der Uhrennazi, seine Blicke blieben ihr wie Feuer unter der Haut, ließen sie schaudern. Die Mutter zwängte sich am Nachbartisch neben den Bannmüller, zog den Vater nach sich und winkte ihr zu, sie solle schleunigst den Platz neben ihr einnehmen. Sie drängte sich an den Tischen vorbei, den Sohn des Hugbauern im Gefolge, der seine Hand nicht mehr von ihrer Hüfte nehmen wollte, und warf dem Uhrennazi im Vorübergehen ein kurzes, flüchtiges Lächeln zu.

„Und betrittst du einen Stall“, hörte sie den Uhrennazi zum Vagabundi sagen, „sag um Himmels willen nicht, was für eine schöne Kuh der Bauer habe. Er müsste sonst sagen ›Behüt’ sie Gott!‹, um sie vor dem überall lauernden Unheil zu bewahren. Und unter uns gesagt, Vagabundi, ich habe schon eine verhexte Kuh gesehen. Ihr Schwanz war verkehrt herum geflochten, und sie gab rote Milch.“

Der Vagabundi hieß eigentlich Josef Scheer und stammte aus dem Elsass. Er war Maurer wie der Uhrennazi und wohnte mal hier, mal da. Wenn er den Winter über keine Arbeit hatte, fehlte ihm wohl das Geld für die Miete, vermutete sie, und ihr war, als sei er, zumindest, was den hier verbreiteten Aberglauben betraf, recht ahnungslos.

Er solle sich auch in Acht nehmen vor Liebeszauber, hörte sie den Uhrennazi scherzen, als sie sich an ihm vorbeidrückte und ihn zufällig an der Schulter berührte, und seine Worte durchfuhren sie wie der Blitz. Muskat gebe dem Kartoffelbrei erst eine Seele, sagte er. Er sagte es laut genug und vergewisserte sich mit einem Lächeln, dass sie es gehört hatte. Er werde ihn bis zu seinem letzten Atemzug nicht vergessen, dass sie ihm am Stand des Apothekers alle Muskatnüsse vor der Nase wegkaufte, sagte er. Obwohl er dabei lachte, lag Wehmut in seiner Stimme, es war ihr nicht entgangen. Einer wie er kam nicht alle Jahre zur Welt.

Der Vagabundi hatte bald die Stimmung erfasst, denn er drehte sich zu ihr und fragte mit einem

Wink zum Sohn des Hugbauern, ob dieser jetzt ihr Schangi sei, ihr Liebster.

Sie zog den Lorenz vom Teller fort zur Tanzfläche, wo sie sich im Gedränge und Geschiebe tummeln und gleichzeitig den Uhrennazi aus den Augenwinkeln beobachten konnte. Er saß, die Arme über dem Bauch verschränkt, die Augen scheinbar geschlossen, als hänge er seinen Gedanken nach. Doch sie spürte, keine Bewegung, die sie machte, entging ihm. Und zwischen all den im Takt der Bauernmusik sich drehenden und schwitzenden Leibern sah sie Anna Maria Siffert und Kreszentia Ketterer miteinander tanzen. Sah, wie eifrig beide sie beobachteten, und war froh, dass ihr Tänzer sie hinausbegleitete, wo sie eine Zeitlang mitten im Gelächter und Gedränge neben dem Pfaffbauern, der Balzenbäuerin, der Tochter des Löwenwirts und dem Gallibauern dem Lire-Michel zuhörten, der zu den Melodien seiner Drehorgel sang. Welsche Lieder waren es, sie konnte keines seiner Wörter verstehen. Doch sie spürte, dass er Heimweh hatte, und ihr wurde auf einen Schlag klar, weshalb man Heimweh hier auch ‚Schweizerkrankheit" nannte. Als Mädchen hatte sie die Schneeberge im Buch der Großmutter gesehen, die gewaltigen Schneeberge und die klaren Bergseen, und in demselben Augenblick erinnerte sie sich wieder, wie der Uhrennazi sagte, dass die Sterne des Nachts ihre Füße im Genfer See badeten.

„Ich habe oft an dich gedacht." Sie hatte gehofft, er würde kommen. Seine Stimme klang vertraut und ruhig, und sie glaubte ihm, was er da sagte. Sie folgte seiner bestimmenden Hand und seinem nackten Unterarm um die Ecke unter die Lauben, wo er mit seiner feuchten Zunge ihre Lippen umfuhr, um sie endlich zu küssen. Er hatte leichtes Spiel. Jeder blamiere sich eben auf seine eigene Art, sagte die Mutter immer. Selbst wenn morgen die Welt unterginge, würde sie sich heute noch auf diese Weise blamieren wollen und nicht rechnen, ob es sich lohne, und nicht nachdenken, ob es gut sei. Und während ihr Herz raste und seine Hände sich vergewisserten, ob die ihm vertrauten Stellen noch alle vorhanden seien, hörte sie den jungen Hugbauern nach ihr rufen. Sie hielt den Atem an.

„Ich habe dich so sehr vermisst", flüsterte Ignaz zwischen zwei Küssen. „Als ich dich heute Abend zur Türe hereinkommen sah, dachte ich, mein Herz bliebe stehen. Du machst mich süchtig."

Er sei ein Hallodri, sagte sie aufgebracht und doch leise. Sie versuchte, sich aus seinen Armen zu lösen. Er sei etwas wetterwendisch, gab er zu, doch sein Ton klang noch ernst, als er ihr sagte, er fühle sich wie die Männle auf seinen Uhren. Wie seine Tanzkreisel, die sich immer und immer wieder im Planetengetriebe um das Sonnenrad drehten. Er hielt sie noch immer am Handgelenk fest, und sie stand ihm machtlos gegenüber.

„Komm her!", sagte er dann, und obwohl sie die Augen geschlossen hatte, wusste sie, dass er hier, unter dem erleuchteten Wirtshausfenster seinen Blick über ihr gerötetes Gesicht gleiten ließ und dem Schwung ihrer feinen Wangenknochen folgte.

„He, Uhrennazi", rief plötzlich der Lire-Michel wie von weit her, „es wird langsam kühl. Du wolltest mir doch einen ausgeben! Alors!"

Er solle schon mal vorausgehen, gab er ihm zu

Antwort, und nahm ihm die Drehleier ab. Der Lire-Michel rieb sich die kalten Hände und stapfte seinem Publikum, das ihn nach und nach fröstelnd zurückgelassen hatte, auf der Wirtshaustreppe hinterher.

„Padam, padam, padam." Der Uhrennazi summte, während er die Kurbel drehte, und winkte sie herbei. „Dieses vermaledeite Französisch", lächelte er und summte sie weiter, diese sentimentale Melodie im Dreivierteltakt, deren Text er nicht kannte. Sie suchte seine Wärme, schmiegte sich an seinen Rücken, drückte sich an ihn. Er griff nach ihrer rechten Hand und hauchte Küsse von den Fingerspitzen bis in die Armbeuge. Sie schlang ihren Arm zwischen seinen Bauch und das Instrument und ließ es zu, dass er ihre Hand mit der seinen fest umschloss und zur Kurbel der Drehorgel führte.

„Immer schön im Uhrzeigersinn drehen, immer schön gleichmäßig", wies er sie an und summte weiter. Er überließ es ihr, das Gefühl dafür zu finden. Es war nicht ganz einfach, stellte sie gebannt fest. Denn je nach Arrangement einer Melodie gab es auch die Möglichkeit, zwischen den Takten, wenn keine Musik zu hören war, eine etwas längere Pause zu machen. Wie die Atempause bei einem Sänger, erklärte er, oder das Luftholen zwischen zwei Küssen. Dann könne man weiterspielen. So ein gewisses „Ritardando" im Spiel sei zwar nicht so gut, aber durchaus möglich.

„Ein Schweizer Fabrikat", sagte er im Selbstgespräch, „wahrscheinlich stammt sie aus dem Jura."

„Sie ist laut", fiel ihr auf.

„Sie muss den Lärm der Leute und der Karren auf der Straße übertönen."

Sie hatte Holzpfeifen, war ihr aufgefallen.

Ob sie nicht gespürt habe, wie schnell es kühl geworden sei hier draußen, fragte er. Ihr sei gleich bleibend heiß geworden, lächelte sie, um sich dann doch fröstelnd die Arme warm zu reiben. Metallpfeifen, sagte er und legte seinen freien Arm um ihre Schulter, würden Schwankungen der Außentemperatur ebenso wenig vertragen wie sie.

Wo sie bei der Kälte nur gesteckt habe, fragte die Mutter aufgebracht und fuhr sich mit dem Taschentuch über die rot glänzende Stirn. Der Sohn des Hugbauern habe die ganze Zeit, das Glas in der Hand, zur Türe gestarrt.

„Draußen“, sagte sie lächelnd, „draußen bin ich gewesen. Bei der Musik.“

7

Am Freitagabend nach der Kirchenchorprobe war der gesamte Sopran noch eine Weile vor der Kirche stehen geblieben, die Tochter des Schlossmüllers hatte aus dem Nähkästchen geplaudert, und irgendwann waren sie alle auf die Hände des Uhrennazi zu sprechen gekommen. Sophie war es, die Tochter des Gallibauern, die bemerkte, wie leicht und doch bestimmt er den Schraubendreher führe. Sie und Anna Maria hätten gar nicht mit ihm gerechnet gehabt, hätten sich nur über die seltsamen Töne gewundert, die gestern aus der Kirche gekommen seien. Und dann sei er plötzlich vor ihnen gestanden, die Hemdsärmel hochgekrempelt. Ein zum Ballen geformtes Leder in der Hand, habe er sich mit dem Handrücken den Schweiß von der Stirne gewischt. Habe gelächelt, als er sie bemerkt hatte. Scherzworte seien hin und her geflogen. Dann habe er sich gebückt und in einem großen ledernen Koffer angeblich nach Ventilfedern gesucht. Dem Uhrennazi sehe man an, dass er sich den Sommer über körperlich betätige, er sei kräftiger und größer als die Bleichschnäbel von Uhrmachern, die Tag und Nacht an der Werkbank verbrächten, als seien sie an dieser angeklebt. Er sei überhaupt anders als die übrigen Männer hier, mischte sich die jüngste von des Ochsenwirts Töchtern ein, und sie beneide Anna Maria Siffert, dass sie nur bei ihm an die Tür klopfen müsse, wolle sie ihn sehen.

„Wer hat, der hat", hatte die mitleidig lächelnd gesagt und Barbara mit einem Seitenblick gestreift.

Dies alles ging ihr durch den Kopf, als sie an seiner Türe anklopfte. Sollte sie die kleine Siffertin nur sehen!

„Da bist du ja", lachte er und drückte sie mit einem langen Kuss an die geschlossene Türe. Sie mochte es, wie er hinter den Ohren roch, wenn sie ganz nah bei ihm war.

„Ich musste noch der Waldvoglerin das Kleid abstecken", sagte sie atemlos und küsste ihn wieder. „Wenn die Waldvoglerin adieu sagt, musst du damit rechnen, dass sie zwei weitere Stunden bleibt. Wenn du denkst, sie habe es endlich vor die Türe geschafft, kommt sie wieder zwei Schritte zurück in die Stube herein und tischt dir die nächste Geschichte auf."

Es dämmerte schon. „Michael zündet das Licht an, Joseph löscht es wieder aus", sagte die Mutter immer. Die dunkle Zeit beginne eben schon Ende September, am Michaelstag. Sie hoffe, er habe genügend Kerzen für den Winter, scherzte sie.

Es gebe doch gar keinen richtigen Winter mehr, sagte er. Wolle man dem Schlossmüller glauben, sei früher schon vor der Kirchweih der erste Schnee gefallen. Sie schüttelte den Kopf.

„Das behaupten nur die Leute, die darauf warten, dass es im Oktober schon ordentlich das Loch zumacht", sagte sie, „damit sie sich faul auf die Ofenbank legen können."

Sie sah den Korb mit den Holzpfeifen, griff nach der kleinsten von ihnen und blies hinein. Es kam nur ein Ton heraus, immer wieder derselbe Ton. Wie bei der alten Therese, stellte sie fest, die im Kirchenchor mehr als auf die Noten darauf achtete, dass sich zwischen den älteren verheirateten Männern und den jungen Mädchen nichts anbahnte. Aber sie hätten halt nun mal nur die Wahl zwischen alten Jungfern und jungen Mädchen, gab sie trocken zu. Es sei ein Jammer, dass ein junges Mädchen, sobald es heirate, nicht mehr im Kirchenchor singen dürfe, klagte sie und stieß einen der Vogelkäfige über dem Uhrmachertisch an. Dies alleine sei ein Grund, nicht zu heiraten. In manchen Höfen, fuhr sie in ihrem Eifer fort, würden die Mädchen sogar im Norden zum Schlafen gelegt, damit sie nicht zu viel Licht bekämen und fröhlich würden.

Er stemmte sie mit sicherem Griff in den Hüften hoch und setzte sie behutsam auf dem Uhrmachertisch ab. Das dürfte auf sie gewiss nicht zutreffen, lachte er nach einem langen Kuss, sie habe sicherlich nie im Norden schlafen müssen.

Ob es stimmte, was man sagte, drängte sie. Dass er in der Kirche an der Orgel gearbeitet habe, nämlich, sie wollte es ohne Umschweife wissen. Er lachte laut auf. „Das können dir nur diese verdrehten Hühner erzählt haben“, sagte er. „Der Orgelbauer Schaxel hat die Orgel gestimmt, ein kleiner Trakturheuler nur. Ich habe Schaxel zufällig in die Kirche gehen sehen und habe ihn gefragt, ob ich zuschauen dürfte. Wenn ich ihn mit meinen Fragen in Ruhe ließe, könnte ich mit hinauf, sagte er, er habe ohnehin schon nach jemandem Ausschau gehalten, der den Balg trete für den Wind, und nach jemandem, der die Tasten am Spieltisch halte, damit er in der Orgel Pfeife für Pfeife durchgehen könne. Ich käme wie gerufen.“

Er habe ihn dann doch ausgequetscht, wie man so unterschiedliche Klänge mit den Pfeifen erzeugen könne, gab er zu. Je nach Bauform und Material, ob aus Holz oder Metall oder gar Zungenpfeifen, klängen sie ja anders, die Pfeifen. Und dann seien die Mädchen gekommen, aber der Schaxel habe sie bald verscheucht, weil sie ihn störten.

Ein Heuler sei ein Ton, der klinge, obwohl er nicht gespielt würde, merkte er an, als habe er die Frage in ihren Augen gelesen. Die Ursache seien meistens undichte Ventile oder eine zu stramme Traktur.

Sie drehte die Pfeife immer noch zwischen den Fingern und führte sie in ihrer Verlegenheit erneut an die Lippen. Der einsame Ton, den sie ihr zu entlocken vermochte, brachte sie zum Lachen.

„Eine Pfeife vermag nur einen Ton abzugeben", sagte er. „Wenn du eine Melodie spielen willst, brauchst du mehrere Pfeifen, die den Tonstufen entsprechen."

Mit wachsendem Vergnügen nahm sie nacheinander Pfeifen in den verschiedensten Größen heraus, blies hinein und erzeugte die unterschiedlichsten Töne, die zuerst gar nicht zusammen passten.

„Es braucht eine ganze Pfeifenreihe, um eine Melodie zu spielen. Man nennt sie Register, diese Reihe", sagte er, und außer den Pfeifen stünden auch ganze Register in verschiedenen Tonhöhen. Die Tonhöhe eines Registers kennzeichne man durch die Länge der tiefsten, offenen Pfeife. In normaler Tonhöhe sei bei einem offenen Register das große C die tiefste Pfeife; ihre Länge betrage acht Fuß. Die Fußbezeichnung würde hinter dem Registernamen angegeben. Bei einem gedeckten Register, fuhr er fort, sei die tiefste Pfeife mit dem Ton C nur halb so lang. Man spräche dann von einem Register im

Acht-Fuß-Ton. Das Register klänge dann so wie ein offenes, dessen längste Pfeife acht Fuß sei.

Er drehte nachdenklich eine Pfeife zwischen den Fingern.

„In einem Register haben die Pfeifen nicht nur unterschiedliche Längen, wie du siehst, sondern auch unterschiedliche Weiten." Fast zärtlich strichen seine Finger über den Körper der Pfeife. „Feinjähriges Fichtenholz", sagte er, und in seiner Stimme klang Bewunderung mit, „auf dem Schwarzwald gewachsen unterhalb der Baumgrenze, so hoch wie möglich. Das ist wichtig, denn dort findet es keine guten Bedingungen vor, dort wächst es langsamer und wird in sich fester und stabiler." Die Jahresringe lägen bei diesem Holz haarfein aneinander, erklärte er, ein fünfundvierzigjähriger Baumstamm werde an der Baumgrenze kaum dicker als ein Daumen.

„Deckel, Kern und Vorschlag sind aus Birnbaum, siehst du?" Sie beugte sich näher zu ihm, um die Verschiedenheit der beiden Hölzer zu begutachten.

„Birnbaum ist kurzfaserig und durchgehend hart, das heißt, ich kann haarfeine Bearbeitungen machen. Birne zeigt keine so deutlichen Jahresringe. Schlecht wäre eine schnell gewachsene Fichte mit großen und harten Jahresringen, die im Winter gewachsen sind, und mit weichen vom Sommer."

Aus dem Holz vom Birnbaum waren auch die Butter- und die Springerlemodel geschnitzt, wusste sie.

„Am Anfang habe ich alles zugekauft, bei einem habe ich die Pfeifen machen lassen, beim anderen die Uhren, beim Dritten hab ich eine Walze zeichnen lassen", erzählte er fort und konnte sich ihrer Aufmerksamkeit sicher sein. „Die Arrangements lasse ich im Kloster von Sankt Blasien stechen. Doch bei den Pfeifen finde ich langsam selbst den Dreh heraus." Er sah auf und lachte kurz, und es klang wie ein Geständnis.

„Ich habe lange daran herumprobiert, immer wieder überdacht, immer wieder verworfen. Bis sie mir dann sogar besser schienen als jene, die ich zukaufte. Ich bin eben ein Spintisierer." Er würde nie einen einmal gefassten Entschluss aufgeben, merkte sie.

Sie hatte gedacht, dass beim Anfertigen von Pfeifen nach dem Vorbild dieser einen Pfeife, die sie in ihren Händen hielt, die übrigen Pfeifen des Registers in allen Maßen proportional kleiner oder größer gemacht werden könnten. Doch da hatte sie sich getäuscht. Die Klangfarbe ändere sich über die Pfeifenreihe, erklärte er, und im Vergleich zum Bass würde der Ton zum Diskant hin immer schärfer und magerer.

„Genau genommen hörst du bei einer Pfeife nicht einen Ton, sondern einen Klang, der sich aus dem tiefsten Teilton und mehreren leisen oberen Teiltönen zusammensetzt", sagte er, „der tiefste Ton ist in der Regel der Grundton, und die höheren Teiltöne sind die Obertöne."

Er griff in den Kasten auf dem Uhrmachertisch und nahm eine Pfeife heraus.

„Das ist eine Zungenpfeife", sagte er, „sie erzeugt den Ton durch eine in Schwingung versetzte Zunge." Sie lachte. Der Name belustigte sie. Er habe sie selbst gekannt und gebaut, eine Pfeife, die wie eine Trompete klinge oder eine Schalmei. Dabei streifte sein kräftiger Unterarm ihre Brüste und löste damit in ihrem ganzen Körper eine Gefühlswoge aus, in der sie zu ersticken schien. Unnötigerweise strich sie sich eine Haarsträhne hinter das linke Ohr und starrte auf seine Hand. Im Grunde sah sie nur ein Messingplättchen, das auf eine Messingkehle, nichts anderes als ein Messingrohr, aufgelegt war. Es sah aus wie eine Zunge.

Das Messingrohr, erklärte er, würde dann vorne zugelötet. „Die Orgelbauer nennen es Schiffchen. Die Zungenpfeife erhält ihre jeweils charakteristische Klangfarbe unter anderem durch die Beschaffenheit des aufgesetzten Schallbechers."

Bei kleinen und einfachen Musikwerken verwende man jedoch häufiger die Lippenpfeife. Sie sei einfach aufgebaut und habe keine beweglichen Teile.

Einfache Drehorgeln hätten auch nur ein oder recht oft zwei Register.

„Es reizt mich, die Klänge von Flöten, Trompeten und Schalmeien zu imitieren und auf Drehorgeln hörbar zu machen." Ihr gefiel es, wenn er aus Verlegenheit mit der Schulter zuckte.

Wenn er einmal aufhöre, über seinen Plänen zu brüten, sagte er nachdenklich, höre er auf zu leben. Sie wusste, dass er die Wahrheit sagte.

„War sie wieder da?", fragte sie. Ihr Hals war trocken.

„Wer denn?", fragte er. Sie deutete mit dem Kopf in Richtung Fenster, zum benachbarten Hof.

„Anna Maria Siffert", sagte sie und merkte selbst, wie belegt ihre Stimme klang. Er legte stumm die Pfeifen zurück.

„Mein Gott", sagte er, „sie hat einen Zitronenfink geschenkt bekommen. Jetzt wünscht sie sich eine

Serinette. Der alte Siffert hat sie neulich in Auftrag gegeben."

Er hatte diese Serinette bereits, in ihre Einzelteile zerlegt, auf dem Uhrmachertisch liegen, stellte sie mit einem Mal fest, als sie ihren Blick von ihm abwendete. Er hätte ihr nicht einmal davon erzählt, hätte sie nicht danach gefragt.

Ob es denn eine Sünde sei, Musikwerke herzustellen, fragte er. Der Siffert sei nun mal einer der wenigen hier, die sich eine Serinette leisten könnten.

Er hatte nicht verstanden, was sie bewegte, merkte sie. Sie kam sich auf einmal dumm und unzulänglich vor und schlang sich ihr wollenes Tuch um die Schultern. Sie müsse nach Hause gehen, sagte sie, die Mutter würde sich Sorgen machen. Er hielt sie am Handgelenk zurück.

„Dich lass ich auf meiner Bühne tanzen", sagte er. „Was willst du noch mehr!"

Etwas in seinem Tonfall ließ sie aufhorchen. Nichts, sagte sie, als sie mit schnellen Schritten auf die Türe zuging, sie wolle nichts. Am wenigsten jedoch tanzen.

Längst hatte sie den engen, aufgeweichten Weg hinter sich gelassen, hatte sich noch einmal nach den hell erleuchteten Fenstern seiner Werkstatt umgedreht, als sie sich endlich die letzten Tränen mit dem Handrücken abwischte. Solange er vor ihr gestanden hatte, war ihr alles klar, war sie felsenfest davon überzeugt, dass Anna Maria Siffert den Nachmittag über bei ihm gesessen hatte. Doch kaum hatte sie seine Tür hinter sich geschlossen, tat er ihr schon Leid.

Er baute eine Serinette. Ja und? Sie maß wie

selbstverständlich dem Schlossmüller oder dem Kronenwirt die innere Schrittlänge. So dachte sie später am Abend, als sie wach im Bett lag. Wie nah er der kleinen Siffertin kam, wenn die bei ihm anklopfte, wusste sie hingegen nicht. Ständig erzählte er ihr, wie schön er ihren Körper, ihre Haare, ihre weiche Haut fand. Doch vor den anderen tat er immer noch so, als ob zwischen ihnen nichts wäre.

Sie schlüpfte aus dem Bett und stellte sich ans Fenster. Ihr gefiel es ja auch, seine Hände zu spüren, zu hören, wie sein Atem schneller wurde.

In Gedanken sah sie ihn vor sich. Wie er dasaß mit gesenktem Kopf. Wie seine Daumen nervös an den Rändern seiner Handflächen entlang fuhren, wie er es immer tat, wenn er grübelte. Diese Stille, dachte sie.

„Dich lass ich auf meiner Bühne tanzen", hörte sie ihn wieder sagen. „Was willst du noch mehr!" Immer wieder packte sie ihn aufs Neue aus, diesen einen Satz, fühlte jedes seiner Worte nach deren Bedeutung ab, bis sie nur noch seine Stimme hörte. Seine Stimme, die ihr sagte, er werde sie tanzen lassen.

8

Und dann, über Nacht hatte es zu schneien begonnen, und der Schnee war liegen geblieben. Der Uhrennazi war seit fast zwei Wochen nicht aus dem Ibendorf heruntergekommen. Zumindest hatte sie ihn nicht gesehen. An beiden Sonntagen nicht. Sie hatte sich Zeit gelassen mit der Weste. Ein gutes Tuch hatte der Krämer besorgt. Stich für Stich waren ihre Gedanken ihm nachgegangen, immer wieder hatte sie ihn Anna Maria Siffert die Türe öffnen sehen. Die kleine Siffertin war keine Schönheit. Daran änderte sich auch nichts, wenn man ihr wohl gesonnen war. Ihre glatten dunkelbraunen Haare trug sie zu einem Zopf geflochten, den sie am Hinterkopf zu einem Knoten schlang, und unter ihrem Doppelkinn saß eine schwarze Warze, groß wie eine Erbse. Sie hatte etwas Unbedarftes, das mochte seine Anziehung auf ihn haben. Sie war anders als sie. Unkomplizierter, zugänglicher, gefälliger. Und sie hatte einen Vater, der ihr einen Zitronenfink schenkte und eine Serinette dazu.

Die Tochter der Bannmüllerin kicherte verlegen, als sie ihr die Oberweite maß und das Maßband vor ihrer Brust übereinander legte.

„Der Uhrennazi hat nach der Weste gefragt", sagte die Mutter und stellte atemlos den mit Holz gefüllten Korb neben den Ofen. Sie brachte kalte Luft mit in die Stube.

„Ich habe ihm geraten, in den nächsten Tagen wieder vorbei zu sehen, du müsstest die Knöpfe noch überziehen, habe ich gesagt, und du hättest noch Kundschaft."

„Ich hätte ihm die Weste doch schon einmal anpassen können", sagte sie aufgebracht, ließ plötzlich alles fallen und rannte zur Türe hinaus in den Schnee, rannte einfach drauflos.

Erst beim zweiten Mal hörte er sie, blieb stehen und ließ sie näher kommen.

„Du wirst dich erkälten", sagte er und machte sie auf den Wind aufmerksam, der ihr eisig ins heiße Gesicht fuhr. Er strich ihr fürsorglich eine Haarsträhne zurück.

„Wahrscheinlich hältst du mich für verrückt." Die Kälte kroch ihr unter die Kleider, und sie begann zu zittern.

„Ich halte dich nicht für verrückt", sagte er und tupfte ihre Tränen mit den Fingerspitzen ab. „Ich bringe nichts zustande, wenn du nicht da bist." Sein Daumen streichelte über ihren Handrücken, zärtlich und warm.

Ihr Herz schlug so laut, dass es in ihren Ohren pochte. Seine Verzweiflung war nicht geringer als die ihre, erkannte sie. Es war nicht nötig, eine Absprache zu treffen. Er wusste auch so, dass sie an einem der nächsten Abende an seine Türe klopfen würde.

Kaum hatte er die Türe hinter ihr geschlossen, spürte sie seine warme Hand im Nacken. Sie lachte leise und stöhnte. Sie mochte diese Bestimmtheit, mit der er zupackte, und es ließ sie leise schaudern, wie er mit dem Daumen zärtlich ihr Genick streichelte.

Er küsste sie heftig, rauschhaft und strich mit dem Finger über ihre Wange und ihre Schulter, als folge er einer feinen Spur. Mit sicheren, hastigen Griffen öffnete sie die Haken ihres Mieders. Sie waren federleicht, die Küsse, die er in das Tal zwischen ihren Brüsten hauchte, Küsse von fast unerträglicher Zärtlichkeit, als wäre ein Schmetterling darüber geflattert. Sie spürte sie noch in ihren Achselhöhlen, wo er, ihren Duft suchend, mit der Nase verweilte. Es konnte ihr nicht schnell genug gehen. Ihr war, als fiele mit ihren Kleidern eine große, schwere Last von ihr. Seine Küsse waren fordernd. Sie öffnete hungrig ihren Mund, sie wollte noch mehr davon. Viel mehr. Ihre Haut brannte unter seinen Berührungen, als er sie ins Bett führte, und er hörte nicht auf, sie zu streicheln. Sie stöhnte, als seine Lippen ihre linke Brust liebkosten, als seine Hände die weiche Haut ihrer Innenschenkel streichelten. Sie drängte sich an ihn heran, öffnete willig ihre Beine. Heiße Wellen, eine heftiger als die andere, stiegen in ihr auf und Glückswogen überrollten sie, trugen sie davon.

Eine Ewigkeit lagen sie da. Wenn sie sich nicht liebten, sahen sie zu, wie es draußen dämmerte. Sie hatte noch nie unter einer Federdecke gelegen, und in ihren Sinnen verwoben sich nun das Weiche, Sanfte und der Gänsestallgeruch dieser Decke mit dem Duft und der Wärme seines Körpers und dem Knistern des Herdes in der Küche zu einem Sinnbild von Wohlbehagen.

„Hörst du den Wind?“, sagte er.

„Er heult wie ein Wolf“, stellte sie fest und schlang ihre Beine enger um seine Hüften. „Und er tut dies, damit du mich nie mehr vergisst.“

„Wie könnt ich dich je vergessen!"

Sie schwamm im Himmel, und dass die Mutter sie vermissen würde, kümmerte sie in diesem Augenblick nicht.

„Ich hatte Angst, mich verlässt der Mut, wenn ich länger warte", flüsterte sie fast entschuldigend.

„Ich habe auf dich gewartet", sagte er nach einer Weile gedankenverloren. „Ich habe dagesessen und gewartet, dann ist es über mich gekommen wie eine Welle." Er drehte sich zu ihr und zeichnete mit der Fingerspitze die Konturen ihrer Lippen nach.

„Ich sah dich plötzlich wieder am Stand des Apothekers stehen", fuhr er fort und lachte dabei verlegen. „Deine Stimme, deine Bewegungen waren mir dort schon vertraut. Als habe mich dein Bild schon immer begleitet. Als wärst du ein Abbild meiner Seele", sagte er, „als hätte ich dich endlich wieder gefunden." Sie lauschte atemlos auf jedes einzelne seiner Worte. „Ich hatte Heimweh nach dir, bevor ich dich kannte."

Sie mussten sich schon einmal begegnet sein. Auf der anderen Seite des Mondes, vielleicht. Dort, wo die Geheimnisse wohnten. Bei ihrer Geburt würden die Menschen vergessen, woher sie kämen, hatte die Großmutter immer erzählt. Der Erzengel Michael lege ihnen den Finger auf die Lippen, um dieses Geheimnis bis zu ihrem Tod zu verwahren, das Grübchen zwischen Nase und Oberlippe jedes Menschen sei das Zeichen dafür.

„Ich liebe dich", sagte er dann und küsste sie wieder, und seine Zunge spielte zärtlich mit ihrer. Es hatte noch nie jemand etwas Ähnliches zu ihr gesagt.

„Was gibt es da zu lieben?“, fragte sie zweifelnd.

Er gab vor, über ihre Frage nachzudenken. „Deine Arme“, sagte er dann und fuhr zärtlich mit den Fingerkuppen über ihre Schultern, „deinen Duft und die Art, wie du deinen Kopf zurückwirfst, wenn du erregt bist. Dein Lachen.“

Sie hörte seinen Herzschlag und das Rauschen des Blutes, das durch seine Adern floss. In der Küche warf das Herdfeuer diffuse Schatten an die Wand, sie nahm sie durch die offene Türe wahr.

Damals, fing er zu erzählen an, als der Vater ihn auf den Speicher sperrte, habe er sich geschworen, ein großer Kunsthandwerker zu werden. Dann hätten sie genügend Geld, für sich und die Geschwister Schuhe zu kaufen, dann täte es dem Lehrer Leid, dass er ihn immer verprügelte und vor die Türe stellte.

Nichts habe sich gerührt auf diesem gottverlassenen Dachboden. Hätte er das Ticken einer Uhr gehört, hätte er gewusst, dass die Zeit verging. So fühlte er sich in einer Felsspalte der Ewigkeit gefangen und vergessen. Und draußen, habe er gewusst, drehe sich das Leben weiter wie ein Tanzkreisel.

Dann sei mit einem Mal das letzte Licht des Tages durch die Zwischenräume der Dachbalken gefallen und der Schatten eines gehörnten Ungeheuers, das ihn, ohne sich zu regen, starr in eine Ecke bannte, sei ihm durch Mark und Bein gefahren. Heilige Maria, Muttergottes, das habe nur der Teufel sein können! Er habe kaum zu atmen gewagt. Der Teufel war gekommen. War auf den Dachboden gekommen, um ihn in die Hölle zu werfen, für immer und ewig. Weil er die Missetat begangen hatte, Vaters scharfes Messer heimlich aus der Tischschublade zu holen, um den Zampognapfeifer für die Krippe zu schnitzen!

Er machte eine Pause, als ließe er die düsteren Bilder wieder in sich aufsteigen. Der Schrecken sei ihm noch tiefer in die Knochen gefahren, als er sich ein Herz gefasst hatte, sich dem Ungeheuer zu nähern, fuhr er fort. Es habe ausgesehen wie eine Geiß, die zusammengekauert ihre hölzernen Beine vom Gebälk herunterhängen ließ. Jemand musste sie über die Verstrebungen eines Dachpfeilers gelegt haben. Schritt für Schritt sei er auf sie zugegangen, habe sie sogar mit der Hand berührt. Da sei ein Dröhnen aus diesem seltsamen Wesen gefahren, lauter und dunkler noch, als wenn das Pferd des Schmieds einen Furz ließe. Ein Böhmischer Bock musste es wohl gewesen sein, sagte er voll Bewunderung, eine der kostbarsten Sackpfeifen, mit der Haut einer ganzen Geiß, nach alter Tradition gegerbt und bearbeitet und mit einem aus Holz geschnitzten Kopf. Das Dröhnen sei vom Bordun gekommen, aus der tiefsten Tiefe der Geiß, erzählte er und versuchte, diesen dunklen Ton mit seiner Stimme nachzubrummen.

Aus einer Pfeife sei dieses Dröhnen gekommen, die man auch Brummer nenne, weil sie diesen andauernden Ton durchgehend von sich gebe, ohne dass der Spieler dabei Luft holen müsse, die Luft käme aus dem Vorrat im Sack. „Dieser Brummton setzt einen in Trance“, sagte er sinnierend, als stiegen Bilder in ihm auf. „Er macht die Leute berauscht, benommen. Wie dein Blick. Dein erster Blick auf dem Markt nach der Kirche, er ging mir auch durch Mark und Bein.“ Dabei fuhr er ihr mit der Nase zärtlich streichelnd über ihr Gesicht.

Die übrigen hölzernen Beine dieser Geiß seien die Pfeifen gewesen, auf denen man die Melodie spiele. Deren Töne, fuhr er fort, würden durch je ein Rohrblatt erzeugt, das zum Schwingen gebracht würde. Als lege man ein Gras zwischen die Hände und blase hinein, erklärte er, dann finge das Gras auch zu schwingen an und mache Musik. Sie hatte noch nie einen Dudelsack spielen gehört, doch den plärrenden, durchdringenden Ton des Grases, sagte sie, kannte sie wohl, ihre jüngeren Brüder hatten immer darum gewettet, wer den Ton am längsten halten könnte.

Mit einem Kuss saugte er sich an ihrer Schulter fest, die sie über seine nackte Brust gelegt hatte, und versuchte auf ihrer Haut, diese Töne nachzuahmen. Es kitzelte, und sie stieß ihn lachend von sich.

Seine Mutter habe sich bekreuzigt, als sie sagte, er solle sich unterstehen, eine dieser Flöten in den Mund zu nehmen, man bekomme die Lungenkrankheit davon. Der Zeller Pfarrer habe ihr alle Sackpfeifer aufgezählt, die er beerdigt habe, der Teufel habe seinen Teil daran.

Wem dieser Böhmische Bock gehörte, habe ihm niemand sagen können. Viel später erst habe er erfahren, dass er wegen des großen Luftvorrats nicht mit dem Mund gespielt wurde, sondern mit dem Blasebalg unter dem Arm. Und dass Sackpfeifer in Böhmen unter einem Rosenbusch beerdigt würden. Aus Hochachtung vor ihrer Musik.

Sie kannte die Sackpfeife nur von den Hirten bei der Krippe in der Kirche.

„Die Zampogna!“, sagte er träumerisch. „Die Holzschnitzer kennen sie von den Sackpfeifern aus

Süditalien, die früher, in Leder und Fell gekleidet, bettelnd und musizierend durch unsere Gegend gezogen sind. Meistens wurden sie von Schalmeien begleitet." Die Zampogna habe ihn schon als Kind fasziniert. Das Stückholz der Pfeifen, so wusste er, stammte vom Ölbaum und würde von Bearbeitung zu Bearbeitung ein ganzes Jahr gelagert.

„Wie sind die Zampognaspieler denn hierher gekommen?", wollte sie wissen.

„Zu Fuß über die Alpen", sagte er und lachte. „Dort, wo sie herstammen, ist ein Zampognaspieler die Bezeichnung für eine Person, die grob und faul ist. Ein Zampognaspieler lebt mit dem Klang seines Musikinstrumentes in den Tag hinein. Einmal", begann er zu erzählen, „kamen die Zampognaspieler auf ihrem Weg in den Norden nach Zell. Massimo war einer von ihnen. Er führte einen Bären mit sich. Nie zuvor hatte ich einen Bären gesehen. Als er sich vor mir auftürmte, war er zweimal größer als ich. Er habe die kleinen Bären als Gewinn für seine Schafe bekommen, erzählte Massimo. Man hat Jagd auf die Bärin gemacht und der toten Mutter die kleinen Bären entführt. Er hat sie mit Schaf- und Ziegenmilch und mit Weizen großgezogen, obwohl sie am liebsten Brot fressen, hat sich ein wenig um sie gekümmert und sie dann abgerichtet. Dafür, so sagte Massimo, zieht man ihnen einen eisernen Ring durch die Nüster oder Lefze, damit sie lernen zu gehorchen. Weil sie wild sind, legt man ihnen einen eisernen Maulkorb an und schneidet ihnen von Zeit zu Zeit die Krallen. Sie werden an die Leine gelegt. Und dann, so hat Massimo erzählt, lernen sie die gewohnten Grimassen zu machen, die allen bekannt sind, und nach dem Klang der Zampogna zu tanzen. Dem Takt der Musik können sie jedoch nur schlecht folgen.“

Als er ihre Entrüstung spürte, sagte er:

„Die dressierten Bären sind ein Teil des Unterhalts vieler Einwohner Süditaliens.“ Die Bären werden dort an wohlhabende Menschen verkauft, die sie züchten und abrichten können. An die Armen hingegen werden sie ausgeliehen. Die wandern dann mit ihnen durch Italien bis in den Norden. In England verdient man sehr viel Geld mit tanzenden Bären, hat Massimo erzählt. Einige der Bergbewohner aus seinem Tal haben in England geheiratet. Massimo hat die englischen Ehefrauen mit eigenen Augen gesehen. Sie hätten ihre Männer mit den Bären bis zu der Hütte von S. Biagio begleitet. Blass seien sie gewesen, elegant und dürr.“

Es schneite, sie konnte es hören. Wenn es schneite, war die Welt stiller, so still, als würde sie leise atmen.

Die Zampognaspieler würden längst wieder zu Hause sein, in Italien, mutmaßte er. Massimo habe seinerzeit auf seine Frage, wann er wieder komme, den Kopf zurückgeworfen und mit den Augen den Himmel abgesucht. Er habe auf die Schwalben gedeutet. Noch bevor sie wiederkämen, die rondini, habe er gesagt, würde er zurück sein. Er habe ihn jedoch nie mehr wieder gesehen. Er würde zu Hause sein, Weihnachten war der Höhepunkt ihrer musikalischen Tätigkeit. Zu Weihnachten wanderten sie in Richtung Napoli von Tür zu Tür und verlangten als Lohn für ihr Spiel ein Glas Öl. In Napoli sei in allen Häusern, ob arm oder reich, die Weihnachtskrippe zu sehen, habe Massimo erzählt. Sie stünde immer in einer kleinen Nische. Die Pfeifer würden gebeten, sich vor diese Nische zu stellen und die Pastoral zu spielen, die als Segnung für das Haus und die Familie angesehen würde. Diejenigen, die in der Valle di Comino, Massimos Heimat, blieben, würden 14 Tage vor Weihnachten in ihrer Tracht die Häuser des Tales besuchen, dort die Novena spielen und als Belohnung Öl, Wein, Käse oder Geld bekommen. Dann würden sie neun Tage lang die Familien mit einer anderen Strophe erfreuen.

„In questa casa, gli angeli ci cantano, ci benedice il padre, il figlio e lo spirito santo“, sang er mit Melancholie in der Stimme Massimos Lied, ihren Kopf an seiner Brust, seinen Arm schützend über ihr. Sie lauschte seinem Herzschlag und seinen Worten. Die Strophe des Liedes erzähle davon, dass in diesem Haus die Engel sängen und den Vater und den Sohn und den Heiligen Geist priesen, versuchte er zu übersetzen.

Das wäre ein Leben, wenn sie immer bei ihm wäre! Dann, so sagte er zwischen zwei Küssen, könnte er seine Konstruktionen in ihren weichen Armen überdenken. Dann würden sie die meiste Zeit im Bett verbringen.

„Im Grunde war es schon um mich geschehen, als ich dich am Stand des Apothekers sah“, sagte sie, während ihre Beine die seinen umklammerten. Er griff nach ihrer Hand.

„Du“, sagte er zärtlich, „du, du.“ Mit jedem Mal klang es zärtlicher, und es zerging ihr auf der Seele wie eine Schneeflocke auf der warmen Haut.

„Du nimmst dir, was du willst.“

„Du gibst mir die Kraft dazu“, sagte sie schüchtern.

„Du gibst mir Kraft“, gab er zurück und küsste sie wieder, „du, meine Muse. Mein anderes Ich.“

Der Gedanke, ihn durch die kalte Nacht verlassen zu müssen, war ihr unerträglich. Sie wünschte sich, für immer in dieser Stunde zwischen Nacht und Tag verweilen zu können. Das sei ein sehr eigennütziger Wunsch, sagte er, der, würde er sich erfüllen, ihn daran hindere, an seiner Treiborgel zu bauen. Obwohl er es mit einem Lächeln sagte, traf sie dieser Satz wie ein Blitz aus heiterem Himmel.

9

Liebe sei nicht Händchenhalten und Spazieren über Sommerwiesen, bis dass der Tod euch scheidet, sagte Ignaz ein anderes Mal. Das sei nur das Leben, nicht die Liebe. Damals wusste sie noch nicht, was er damit meinte.

Für sie war die Liebe nicht eine Reihe von gelegentlichen Zusammentreffen, sondern wie eine ständige Rückkehr in eine vertraute Kindheit. Namenstag und Weihnachten. Heiße Nudelsuppe und ein Bett. Der Duft des wärmenden Kirschsteinkissens, das im Ofen auf sie wartete. Und vor allem die Gewissheit, dass man, wenn man vom Spielen am Bach nach Hause ging, keine Angst zu haben brauchte vor dem Nachtkrabb. Das war Liebe für sie.

Und Schnitzbrot. Mit Haselnussen, gedörrten Zwetschgen und Birnen und Kirschwasser, zu kleinen Laiben geformt. Mit all den Schätzen, die den Herbst über von der Mutter gehütet wurden.

Sie kannte in diesem Augenblick keine größere Freude, als eines davon, eingepackt in ein blaues leinenes Geschirrtuch, heimlich unter ihrer dicken Jacke durch den Schnee zu ihm hinaufzutragen.

Er hatte bereits zwei Schnitzbrote auf dem Uhrmachertisch liegen, als sie sich den Schnee aus den Haaren schüttelte und von den heißen Wangen strich. Eines davon, das größere, hatte die Balzenbäuerin, die Ciboldin vorbeigebracht, das andere, in weißes Linnen eingeschlagen, stammte von der alten Siffertin.

„Ich muss einen einsamen Eindruck auf die Frauen machen", sagte er, ohne von seiner Zeichnung aufzusehen.

„Du wirst gut über den Winter kommen", stellte sie fest und versteckte ihre Enttäuschung hinter einem Lächeln.

Etwas war anders als sonst. Er sprach von den Akkorden c-e-g und g-h-d, die er nahezu rein stimmen wollte. Er sagte es vor sich hin, als wollte er sich vergewissern, dass seine Gedanken auch alle folgerichtig gewesen seien. Die Quinten c-g und g-d dürfe er nur schwach zu eng machen, sinnierte er, so dass sie gerade zu schweben begännen. Die Terzen c-e und g-h würde er nur schwach vergrößern, so dass sie ebenfalls fast schweben wollten.

„Das f schnellt ein wenig aufwärts, und die Quinte h-fis bleibt rein", überlegte er. „Schließlich lege ich das a so hoch, dass es mit der unteren Quinte d und der oberen Quinte e in gleicher Weise schwebt."

So müsste er Akkorde c-e-g und g-h-d von außerordentlichem Wohlklang bekommen, bemerkte er schließlich.

„Ich kann wieder gehen, wenn ich dich störe", hörte sie sich nach einer Weile mit rauer Stimme sagen. „Am frühen Nachmittag von Heiligabend macht man ja eigentlich keine Besuche mehr."

Es kam keine Antwort.

„Ich wollte, dass du das Schnitzbrot hast, damit du über Weihnachten nicht hungerst." Sie kam sich dabei so unbedarft vor.

Scherzinger hatte die Schafe eingepfercht, ihr Blöken drang gelegentlich in die Stube, legte sich unter das Gezwitscher der Vögel in den Käfigen über dem Uhrmachertisch. Die Schafe im Schnee waren ein malerischer Anblick durch sein Werkstattfenster, erinnerten sie an die Krippe in der Kirche. Doch in dieser seltsamen Atmosphäre stimmte es sie melancholisch.

„Ich sage dir schon, wenn du mich störst." Sein Blick ließ das Stück Papier, das er vor sich ausgebreitet hatte, nicht los.

„Das möchte ich aber nicht. Ich will nicht, dass du mich wegschickst. Niemals." Wenn sie auch das Kind einfacher Leute sei, sagte sie mit zittriger Stimme, habe ihr die Mutter doch so viel Feingefühl mitgegeben. Sie wisse von selbst, wann sie zu gehen habe. Dabei hatte sie den Türgriff schon in der Hand.

Ihre Worte mussten ihn getroffen haben.

„Barbara!"

Er stand auf, und er sah sie an, als habe er sich zuvor in einer anderen Welt aufgehalten. Als sei er eben aus einem Traum aufgewacht.

Sie verstünde es trefflich, alle Register zu ziehen, gab er anerkennend zu. Er habe geahnt, dass sie fuchsteufelswild werden könne. Seine Stimme klang mit einem Mal weicher, hatte die Spur von einem Lächeln. Er habe es in ihren Augen gesehen, bei der ersten Begegnung schon, sagte er und streichelte sie mit seinen Blicken. Dieses Spöttische, dieses Trotzige, dieses Funkeln im Blick stehe ihr gut, es habe ihn auf Anhieb neugierig gemacht. Er stemmte sie in den Hüften bis zur Zimmerdecke.

„Wenigstens haben wir es warm", seufzte sie, als sie sich langsam aus seiner Umarmung löste.

Er hintersinne sich noch an der Frage, wie er die Stimmung zu legen habe, sagte er etwas zerstreut.

Wie er vor ihr stand, die eine Hand in der Hosentasche, mit der anderen sich durch die wirren Haare streichend, verlegen und übernächtigt, rührte sie an.

„Die Nacht ist für mich der beste Lehrmeister", sagte er, „da ist alles ruhig und still. Und wenn ich schlaflos in meinen Gedanken liege, kann ich mir alles so deutlich vor Augen führen, als wäre es wirklich, und am Tag darauf probiere ich es immer gleich aus."

Bei einer Treiborgel liege die Anwendung der mitteltönigen Stimmung nahe, die wärmer klinge als die gleichschwebende. Sie verstehe nichts von alledem, versuchte sie ihm mit ihrem Blick zu sagen. Doch er erzählte einfach weiter.

Der Orgelschriftsteller Praetorius gebe an, dass Tonarten bis zu drei Kreuzen und zwei b darin wohltuend schön klängen. Diese Stimmung sei auch bei chromatischen Tonleitern anwendbar.

Er versuchte, sie in seine Gedankengänge mit einzubeziehen, spürte sie, und es machte sie stolz.

„Dass Silbermann von dieser Stimmung abweicht, um einige quasi-reine Grundakkorde zu erhalten, bereitet mir Kopfzerbrechen", sagte er. „Ich habe die Nächte nicht gezählt, in denen ich darüber gesessen und hin und her überlegt habe."

Dabei zog er sie zu sich auf den Schoß und schlang seinen rechten Arm um ihre Mitte.

„Ich gebe nicht auf", sagte er, den Kopf auf ihrer Schulter, „bis ich ganz hinter diese Stimmung gekommen bin." Sie spürte, wie ihr die Wärme seines Atems den Rücken entlang und unter die Haut kroch.

„Die Leute sollen meine Orgeln an ihrem Klang erkennen“, sagte er. „Nur eine Bruder-Orgel, sollen sie einmal sagen, habe diesen wohltuend silbernen Klang.“

Diesen Klang, der die Seele berührt, sie wusste, was er meinte. Wenn in der Kirche in Mariazell dieses Orgelrauschen erklinge, gestand sie, stünde sie mit Tränen in den Augen in der Kirchenbank und hoffe, dass niemand sie beachte. Dasselbe passiere, wenn Scherzinger auf seiner Geige spiele. Wenn er seinen Bogen ansetze, sei es, als streichle er ihre Seele. Er dürfe es ihm aber nicht erzählen.

Eben als sie zur Tür hereingekommen sei, sagte er, habe er geglaubt, die Lösung gefunden zu haben. Seine Worte durchzuckten sie.

„Es war nicht meine Absicht, deine Gedanken zu zerstreuen.“

„Das tust du ohnehin.“ Sie meinte einen Vorwurf in seiner Karamellstimme zu hören.

„Du hast die Macht, meine Gedanken von den Trompeten und Trombonen des Grand Jeu auf dich zu lenken, bis mir dein Duft durch die Sinne streicht und ich dein Lachen höre.“

Er habe immer von selbst auf den Trichter kommen müssen, sinnierte er. Wie oft sei er von einer Sache überzeugt gewesen und habe dann feststellen müssen, dass er sich getäuscht hatte! Alles, was er gesehen habe, habe er nachgemacht. Er lachte auf.

„Was habe ich dabei nicht alles falsch gemacht! Doch auch meine Fehler waren mir Lehrmeister.“

Er stand auf und legte Holz im Ofen nach.

In Waldkirch habe er einen Uhrmacher aus Furtwangen getroffen, erzählte er wie beiläufig.

Sie hatte nicht gewusst, dass er zu den Goldenen Sonntagen in Waldkirch gewesen war, den Sonntagen vor Weihnachten, zu denen das ganze Tal, zumindest der wohlhabende Teil, seine Weihnachtseinkäufe, Bett- und Tischwäsche für die Aussteuer tätigte.

„Er war zuerst Uhrenträger, hat er mir erzählt und habe dann in Amsterdam bei einem Schwarzwälder Meister die Uhrmacherei gelernt."

Sein Blick schien auf sein Innerstes gerichtet, dort nach Bildern suchend.

„In Amsterdam sind die Wege mit Pflastersteinen ausgelegt. Niemand macht sich dort die Füße schmutzig. Der Meister hat ihn behandelt, als sei er sein eigener Sohn. Ein Sackührle hat er ihm zum Abschied geschenkt, aus Gold und an einer hochkarätigen Kette."

Er schien in seine Gedanken vertieft. Mancherorts sei er eben nur einer gewesen, der seine Nase in anderer Leute Werkstatt steckte, sagte er nachdenklich. Dachte laut darüber nach, dass andere Leute schwarz auf weiß in Händen hielten, dass sie ihr Metier beherrschten. Dass sie alles Wissen, das zu ihrem Beruf gehöre, verinnerlicht hätten, wie ihr Gesellen- oder Meisterstück beweise.

Sie erinnerte ihn an die rasselnden Uhren des Wursthorn.

„Es stimmt", lachte er, „oft können selbst die Meister nicht die größten Fehler austreiben."

„Bevor du kamst", sagte sie, „gab es hier keinen der ein Musikwerk machte, das so zauberisch klang wie deines."

Sollte er eines Tages Söhne haben, flüsterte er

ganz nah an ihrem Ohr, würde er ihnen alle Kenntnisse der Orgelbaukunst vermitteln. Seine Söhne sollten einmal nicht die Meister um Einblicke in ihr Handwerk bitten müssen, nicht wie Bettelknaben dastehen, wenn ihnen erlaubt würde, die Mensuren zu messen. Und wollten sie dann hinaus in alle Welt ziehen, seine Söhne, übers große Wasser, wo die Wellen höher seien als das Münster zu Freiburg, würde er sie guten Gewissens ziehen lassen, denn sie trügen das gesamte Wissen ihres Vaters in sich. Die Ausbildung in der Orgelbaukunst führe bei ihm über die Uhrmacherei, fügte er nach einer Weile hinzu, denn Uhrmacher lernten genau hinzusehen.

Es dämmerte schon. Vor den Fenstern im Schnee drückten sich die Schafe aneinander.

„Er hat gesagt, dass man in Amsterdam im Winter alle Kanäle anstaue und dann die Straßen und die Wiesen überflute", fuhr er nach einer Weile mit seinem Erzählen fort.

„Dann sei ganz Amsterdam eine einzige, riesige Eislandschaft. Dann spiele sich das ganze Leben auf dem Eis ab, und vom kleinen Mädchen bis zum Großväterchen würden alle Leute mit Kufen unter ihren Schuhen zum Einkaufen oder zur Kirche fahren. Oder sie machten sich am Sonntagnachmittag ein Vergnügen daraus, auf der Eisfläche zu spazieren oder zu tanzen. Tag für Tag habe er mit der Krätze auf dem Rücken und den Kufen unter den Schuhen für den Meister die bestellten Uhren ausgetragen oder manchmal auch nur repariert."

Sie hatte noch nie Schuhe mit Kufen gesehen.

„Ich habe in Waldkirch auch Martin getroffen", sagte er. Sie spürte, wie diese Begegnung ihn aufwühlte, und wie viel Mühe es ihm machte, davon zu erzählen.

Recht seltsam sei Martin gewesen, beinahe abweisend. Als habe er ihm aus dem Weg gehen wollen.

„Als wittere er in mir Konkurrenz für seine Söhne“, sagte er nach einer Weile. „Als bereue er, mir Einblicke in den Orgelbau gewährt zu haben.“

Er musste sich dabei fühlen wie ein Vogel, der über Nacht aus dem Nest gestoßen wurde, spürte sie.

„Womöglich ist auch die Auftragslage für den Orgelbau wegen der Auflösung der Klöster bereits auf dem Nullpunkt“, sinnierte er. „Als Martin nach Waldkirch zog, waren seine Auftragsbücher so überladen, dass er Mühe hatte, Arbeiter zu bekommen.“

Er sorgte sich. Er mochte den alten Kauz, spürte sie, er verehrte ihn. Martin hatte etwas Erhabenes, das war selbst für sie auch noch von der anderen Straßenseite wahrzunehmen. Er hatte einst in der Werkstatt des Rastatter Hoforgelmachers und bei Silbermanns Nachfolger in Straßburg gearbeitet. Ihr war jedes Mal, als umgebe ihn der Schein der Orgeldynastie Silbermann zu Straßburg.

„Du stehst ergriffen im Straßburger Münster und siehst zur Silbermann-Orgel hinauf mit dem ›Schwalbennest‹ an der Seitenwand, und du weißt, du stehst vor dem Vollkommensten, was der Orgelbau in seiner langen Geschichte je hervorgebracht hat. Und du hörst musikalische Vollkommenheit.“

Sie hatte diese Ergebenheit in seiner Stimme schon einmal gehört. Neulich erst, als sie in der Kälte vor ihm stand, und er mit dem Daumen über ihren Handrücken streichelte, zärtlich und warm als er ihr sagte, er bringe nichts zustande, wenn sie nicht da sei.

„An Martin sind noch die Klangideale des Pariser Hoforgelbauers zu spüren, bei dem Silbermann selber zwei Jahre lang in die Lehre gegangen ist, um sich im französischen ›Orgel-Gusto‹ zu verbessern", hörte sie ihn erzählen. Dieses Bewusstsein der Einzigartigkeit vererbte sich wohl auf direktem Weg vom Meister auf den Schüler. Ignaz Blasius Bruder war nahezu besessen von dieser Einzigartigkeit der Klangideale. Und sie spürte, wie ihn eine unbändige Kraft über alle Hindernisse hinweg antrieb, seine Träume umzusetzen.

10

Er hatte den richtigen Riecher gehabt, sich auf den Bau von Treiborgeln zu verlegen, merkte sie, kaum dass der Winter vergangen war. Das bürgerliche Leben auf der Straße, rauschende Feste, Bälle, ein Aufmarsch einer musizierenden Schildwache, alles hatte er auf zwei übereinander liegenden Ebenen inszeniert wie in einem großen Puppenhaus. Wenn er die Kurbel drehte, flötete und klingelte es, tanzten die Figuren des Holzbildhauers aus Vöhrenbach und erzählten eine Geschichte, die sich mit der Sicht des Betrachters änderte.

So musste es im Theater zu Mannheim zugehen. Der Doktor hatte ihr davon erzählt. Das Theater sei Tummelplatz der Leute, die das kleine Kind, das sie einmal gewesen sind, noch immer in ihrer Westentasche trügen, hatte er ihr einmal lächelnd gestanden, und sie hatte das Kind in Ignaz Blasius Bruders Augen gesehen, als er die Männle auf den Bühnen anbrachte. Dass er sie alle Männle nannte, ob Soldat oder vornehm gekleidete Dame, erheiterte sie.

Er sei nicht der Erfinder dieses Spiels, sagte er jedes Mal, wenn sie ergriffen vor ihm stand, es habe auch vor ihm schon Spintisierer gegeben. Darauf erzählte er die Geschichte des Friedrich Dilger aus Urach, der vor fünfzig Jahren mit einer Partie Holzuhren nach Paris zu den Franzosen gegangen sei, dort seine Uhren abgesetzt und den berühmtesten Kleinuhrenmachern der damaligen Zeit über die Schulter gesehen habe.

„Nicht bloß sein roter Frack mit französischem Zuschnitt machte darauf im Schwarzwald Aufsehen, sondern die Kunstwerke, die er bald nach seiner bürgerlichen Niederlassung lieferte“, erzählte Ignaz. Da seien Uhren aus seiner Werkstatt gekommen, auf denen sich beim Stundenschlag hölzerne Männle bewegten, ein Kapuziner alle Stunde läutete oder ein Metzger alle Stunden auf einen Ochsen schlug.

Er musste ihren Stolz gespürt haben, denn er lachte spitzbübisch auf, als sie sagte, er solle die Treiborgeln mitnehmen auf den Josephimarkt zu Waldkirch.

Man könne mit der Treiborgel nicht wie mit einer normalen Drehorgel durch die Straßen ziehen, sagte er. Sie sei nicht für den Jahrmarkt geschaffen, bei dieser Kälte und überhaupt bei schlechtem Wetter könne man sie gar nicht vorführen. Seine Treiborgeln seien Musikinstrumente und amüsantes Figurenwerk für die wohlhabenden Bürgerhäuser auf der anderen Seite des Rheins.

Es war kalt an Josephi, es lag vereinzelt noch Schnee, und der Himmel war an diesem Tag wie frisch gewaschen. Nach Waldkirch ging man zu Fuß zwei Stunden, und so dankte sie Scherzinger mit einem Lächeln, als er schon auf dem ersten Stück ihres Weges den Wagen anhielt und sie aufsteigen ließ.

Einmal, vor vielen Jahren, hatte der Vater sie mitgenommen an den Josephimarkt. Seitdem verband sie die Erinnerung an diesen Markt mit dem kohlenschwarzen Gesicht jenes Mannes, der dort zur Schau gestellt wurde, und der jenem teuflischen Kerl glich, dem Köhler, der am Waldrand oben mit einer langen

Stange im Bauch seines beißenden Rauch speienden Ungeheuers herumstocherte und dessen weiße Augen und Zähne sie so oft erschreckten. Aus einem fernen Land, in dem immer die Sonne scheine, sei er gekommen, der Fremde, hatte der Vater damals gesagt. Aus demselben Land wie das Äffchen, das auf dem Rücken eines Pferdes ritt und zum Schluss seiner Vorstellung unter dem Beifall der Umstehenden den Hut zog und damit das Eintrittsgeld einsammelte. Noch etwas war ihr in Erinnerung geblieben, und sie hoffte so sehr darauf, er möge wieder gekommen sein, der grünrote Papagei mit seinem gelben Kopf, der einem die Zukunft voraussagen konnte.

So saß sie mit erwartungsvollem Herzklopfen, ein wollenes Tuch über der Filzjacke, die kalten Hände in den Falten ihres Rockes versteckt, zwischen dem Uhrennazi und einem aus Mariazell stammenden Uhrenhändler mittleren Alters, der sie, den schwarzen Hut tief in die Stirn gezogen, aus den Augenwinkeln musterte, sich jedoch nicht von seiner gesprächigen Seite zeigte. Die Bilder der vorbeiziehenden Landschaft schien er, hin und wieder von einem tiefen Seufzer begleitet, in sich aufzunehmen, als habe er sie lange nicht mehr gesehen oder als wolle er sie sich ein letztes Mal verinnerlichen. Erst als sie sich Waldkirch näherten und oberhalb der Stadt auf der Anhöhe die Kastelburg sahen, begann er plötzlich zu reden, als müsste er hier und jetzt sein ganzes Leben erzählen, um dann für immer zu schweigen.

Während der langen Jahre, die er in England gewesen sei, habe er sich den Anblick der Kastelburg oft herbeigesehnt, sagte er. Mit der Mutter selig sei er im Sommer oft zum Margarethenfest nach Waldkirch gekommen, die Mutter sei hier geboren. Das Glück sei ihm nicht hold gewesen. Vom englischen gebähten Weißbrot, mit Butter bestrichen, habe er nichts mitbekommen. Habe alle Tage von Getreidebrei gelebt, habe tausend Menschen kennen gelernt in Handel und Wandel. Habe gesehen und gehört, wie sie redeten, wenn man ihnen den Rücken zudrehte. Wie sie einen auslachten, wenn man gutgläubig war. Der Mutter habe er von der Westminster Bridge geschrieben, von den hohen Häusern, von den Pferden, die in London viel größer seien als daheim und von den Schiffen der Westindienfahrer im Londoner Hafen. Dabei habe er ganz vergessen, wie schön die Mädchen in der Heimat seien, fügte er nach einer Weile hinzu und musterte sie von der Seite.

Er sei es leid gewesen, Tag für Tag mit der Krätze auf dem Rücken und Blasen an den Füßen die aufgeweichten Landstraßen zu gehen, fuhr er fort. Einmal habe er sogar aus einem Haus, in dem er eine Uhr reparierte, hinausgehen müssen, weil ihm vor lauter Schmerzen schlecht geworden sei. Und immer dieses Heimweh! Er hoffe, hier alte Bekannte wieder zu sehen, sagte er und wich ihr, als Ignaz sie von Scherzingers Wagen gehoben hatte, nicht von der linken Seite.

Der Josephimarkt war ein großes Stelldichein der Handwerker, der Schreiner, der Zimmerleute und der Holzhändler. Hier wurden per Handschlag Aufträge erteilt, Geschäfte gemacht, Neuigkeiten ausgetauscht und Söhne und Töchter verdingt.

Ein feiner sonntäglicher Duft von Braten kam

ihnen in die Nase, und kaum dass die Festtagsmesse vorüber war, herrschte zwischen auf langen Leinen hängenden wollenen Leibchen und Strümpfen ein reges Treiben auf dem Marktplatz.

Sie sah eine Geiß, die von Schulter zu Schulter der erstaunt stehen gebliebenen Marktbesucher balancierte. Quacksalber boten Wundermittel in Flaschen feil gegen Steckfluss und Warzen und verkauften Pülverchen gegen das Ziehen in den Gelenken. Einer von ihnen pries Ignaz gedrehte Glücks- und Liebespillen in kleinen runden Pappschachteln an. Doch Ignaz verwies auf den Uhrenhändler im Gefolge. Der winkte entschieden ab und hatte die Lacher auf seiner Seite.

Frühling lag in der Luft. „Joseph behende macht dem Winter ein Ende“, hatte die Mutter beim Aufstehen gesagt. Barbara konnte diesen Duft nicht beschreiben, der sie so aufwühlte. Dieser Duft nach umgepflügter Erde und nach letztem Schnee, rau wie Zwillich und sanft wie Seide, der sie wie ein Versprechen umschmeichelte.

Schon am Löweneck war die blecherne Stimme des Billigen Jakob nicht mehr zu überhören. Ein Meister im Sprüchemachen, pries er Schnürsenkel und Hosenband zu Schleuderpreisen an. Er kramte Kämme aus seinem Bauchladen und steckte sie wahllos in die Haare der um ihn stehenden Frauen, pries deren nicht vorhandene Schönheit. Er warf hier eine Bemerkung in die dicht um ihn gedrängte Menschenmenge, dort einen Bleistift, und wenn auch nicht alle seiner Waren den erhofften Absatz fanden, fühlte sich jeder der Umstehenden nach einem wortkargen Winter aufs Beste unterhalten.

Doch als der Lire-Michel mit seiner Drehorgel die beiden Moritatensänger und ihr „Leute, höret die Geschichte“ begleitete, drängten sich alle um sie.

Die Leute liebten die bestürzenden Berichte über Katastrophen wie Feuersbrünste und Lawinen und schaurige Mord- und Greueltaten. Sie waren nur hier und jetzt zu hören und sonst nirgendwo. Oder an einem Ort, weit, weit fort von hier, zu einer anderen Zeit.

Die meisten der Gesichter, die sie auf den ersten Blick um ihn ausmachte, waren ihr fremd. Doch allen voran drängten sich um ihn die beiden Töchter des Ochsenwirts und Anna Maria Siffert, die unruhig einen Strauß von Papierrosen in ihren Händen drehte. Sie hatte ihrerseits Barbara gesehen und schien jede ihrer Bewegungen zu verfolgen, als sie sich neben Ignaz, den Uhrenhändler im Gefolge, einen Weg durch die Menschenmasse bahnte.

Musik ziehe nun mal Frauen an, sagte ihr das vertraute Augenzwinkern des Lire-Michels.

Was ihr an der Kirmes schon zuvor als laut vorgekommen war, empfand sie nun als schrill und aufdringlich. Einige der Pfeifen plärrten die Melodie geradezu heraus.

„Sie spucken aber sehr, die Pfeifen“, sagte sie zu Ignaz, lehnte sich mit dem Rücken an ihn und spürte, wie er im Gedränge von hinten den Arm um ihre Hüfte legte. So stand sie, die belebende Märzensonne im Gesicht, mit geschlossenen Augen. Weit hinter der Drehorgel und dem Gesang taute jetzt der letzte Schnee auf den Dächern. Weit hinter all den

Wortfetzen über den Köpfen der Leute konnte sie die munteren Rinnsale ungeduldig zur Erde springen hören, silbern und licht.

Sie habe ein gutes Gehör, lachte er und zog sie im Gedränge noch näher zu sich heran. Die Pfeifen seien tatsächlich zu obertönig. Klangliche Qualität fange nun mal bei der Holzauswahl an und ginge über die Bearbeitung bis hin zum Aufschnitt und zur Intonation.

Sie stand an seiner Seite, berauscht von diesem südlichen Wind, sog den prickelnden Duft ein von Nie gehabtem und Verheißenem, sog ihn ein in langen Zügen. Die Pomeranzenhändler müssten hier sein. Die Pomeranzenhändler mit ihren kostbaren Früchten von weit her.

„Es war ein reicher Kaufmannssohn,
der liebte ein armes Mädchen,
und als er über die Straße ging,
begegnet' ihm die Reiche,
begegnet' ihm die Reiche."

Durch die Menschenmenge sah sie den Stock der Moritatensängerin auf das Konterfei des reichen Kaufmannsohns zeigen. Singend erzählte sie mit ihrer dunklen Papageienstimme weiter:

„Die Reiche gab ihm einen Rat,
er sollt' die Arme umbringen:
Kauf ihr ein Glas mit rotem Wein
und tu ein halb' Glas Gift hinein
und gib' den Wein ihr zu trinken,
und gib' den Wein ihr zu trinken."

„Warte!“, sagte Barbara und hielt Ignaz am Ärmel fest, als er weiterging. Sie hatte Anna Maria Siffert auf ihn zugehen sehen und zog ihn schnell zu der Stelle, an der sich viele Leute ungeduldig um einen kleinen Kasten scharten.

„Hast du noch nie einen Guckkasten gesehen?“ Seine Frage klang erstaunt. Doch ehe sie eine Antwort geben konnte, winkte sie der Uhrenhändler zu sich und nahm den mit glänzendem Papier überzogenen Guckkasten aus Holz in Beschlag. In England nenne man diese Kästen „Peep-Box“, erzählte er und drückte dem Guckkastenmann, einem Kriegsinvaliden mit Holzbein, das Eintrittsgeld in die Hand.

„Die Westminster Bridge in London!“, rief er sogleich wehmütig und winkte sie forsch zu sich, um ihr den Ort zu zeigen, in dessen Nähe er lange Jahre seines Lebens verbracht hatte. Die Themse sei einer der meist befahrenen Wasserwege der Welt. London sei nämlich das Zentrum des großen, handelsfreudigen Weltreichs.

Sie hatte so etwas noch nie gesehen! Ein großer, breiter Fluss schlängelte sich träge durch diese Stadt, darüber war eine Brücke gebaut. Sie zählte sechzehn Pfeiler und darunter zehn, elf, zwölf Kähne und ein großes, langes Schiff mit einem roten Segel. Der Uhrenhändler hatte sich hinter sie gestellt, um sie von den drängelnden Menschen abzuschirmen. Das große Gebäude links von der Brücke sei der Palace of Westminster, hörte sie ihn sagen, hier seien die Houses of Parliament, das Regierungsgebäude. Es hatte zwei Türme wie eine Burg. Die Kähne, die sie sehe, sei die Gilde der „Wassermänner“. Sie beherrsche den Waren- und Personenverkehr und dulde keine Konkurrenz.

„Die Londoner nennen die Brücke ›Bridge of Fools‹, Narrenbrücke“, raunte er ihr zu. „Ihr Bau stand unter keinem guten Stern. Manchmal schwankt sie, im Mauerwerk sind Risse und vom fünften Brückenbogen fielen schon Steine in den Fluss.“

Sie würde keinen Fuß auf diese Brücke setzen, beteuerte sie.

Über der Themse, von der die Uhrenhändler in Mariazell immer geredet hatten, zogen weiße Schönwetterwolken einen blauen Himmel entlang. Das sei nicht immer so, merkte er an, meistens sei die Brücke von einem eigenartig traurigen Nebel eingehüllt. Im Winter sei die Themse oft zugefroren. Dann würden Jahrmärkte in einer Zeltstadt darauf abgehalten, die Vergnügungen anböten wie zum Beispiel Eiskegeln.

Bis auf die Abbildungen der Schweizer Berge im Buch der Großmutter kannte sie Bilder nur von der Kirche. Vor ihren Augen öffnete sich durch dieses kleine Guckloch im Kasten mitten im Lärm und im dichten Gedränge eine unbekannte, ferne und exotische Welt. Plötzlich konnte sie das London der Schwarzwaldengländer besuchen und Städte, von deren Existenz sie nicht einmal geahnt hatte. Sie sah ungewöhnliche Landschaften am Ende der Welt, die Hängenden Gärten der Semiramis, und mit einem Mal war sie Zeuge der zerstörerischen Kräfte der Natur, sah den Ausbruch des Vesuvs. Diese nahezu unwirklichen Ausblicke waren von seltsamer und unbekannter Leuchtkraft und Tiefe.

„Der weit gereiste Herr Uhrmacher wird mir doch

sicherlich sagen können, was es mit dem Salzburger Stier auf sich hat.“ Anna Maria Sifferts aufgelöste Stimme und das Gelächter des Vagabundi und der Wirtstöchter riss sie mit einem Schlag in die Wirklichkeit zurück.

„Stell dir vor“, lachte der Vagabundi und schlug Ignaz dabei auf die Schulter, „sie denkt, es sei wirklich ein Stier, der drei Mal am Tag über Salzburg brüllt!“

Ignaz lachte mit ihm. Strich sich mit einer Hand verlegen durch das Haar. Salzburg würde ihn alleine dieses akustischen Wahrzeichens wegen reizen, gestand er, der Salzburger Stier sei das älteste mechanische Musikinstrument, das die Welt noch kenne. Eine einfach gebaute Freiluft-Orgel, die nur einen lang anhaltenden F-Dur-Dreiklang ausstoße, den so genannten Orgelschrei.

„Man sagt, er habe ursprünglich weder eine Spielvorrichtung gehabt noch eine Walzenorgel für Melodien“, begann er zu erklären. „Er habe lediglich aus einem Windkasten bestanden und dem Blasebalg. Bei dessen Betätigung erzeugten hundertfünfunddreißig Pfeifen eben jenen vielfach verstärkten Dreiklang. Der vierundzwanzigfache Terzchor färbte den Dreiklang hornartig brüllend, um ihn tragfähig zu machen.“

Eine Orgel, die brülle wie ein Stier? Er solle ihr gleich den nächsten Bären aufbinden, sagte die kleine Siffertin. Doch er erzählte ungehindert weiter von diesem seltsamen Instrument, das hoch über der Stadt auf der Festung stehe. Früher, als die Leute noch keine Uhren hatten, sei dieser Signalton morgens um vier Uhr ertönt. Zu der Zeit, wenn die Bürger damals aufzustehen pflegten, um zur täglichen Messe zu gehen, dann um elf Uhr, wenn man zu Mittag aß, und am Abend, gegen sieben Uhr, nach dem Aveläuten.

Eine Welt, in der das Ticken einer Uhr fehle, sei doch eine arme Welt, ereiferte sich Anna Maria Siffert. Wie sie ihm schönredete! Wie sie ihn mit den Augen festmachte!

„Früher haben die Menschen viel freier gelebt“, hörte sie sich plötzlich aufgebracht sagen. „Morgen war, wenn die Sonne aufging. Abend, wenn die Dunkelheit kam.“ Sie hatte die Stimme der Großmutter noch im Ohr, wie sie von der inneren Uhr redete. Wie sie sagte, die Zeit, mit der wir unsere Tage einteilten, sollte viel weniger von der Zeit der Uhren abhängig sein. Man sollte sich nicht von einem äußeren Takt treiben lassen, der plötzlich für alle gelte.

„Man soll die Zeit nicht aufhalten!“, hielt ihr Anna Maria Siffert dagegen.

„Eine Welt, in der Musik fehlt, ist arm!“ Ihr Herz klopfte, als sie dies hinzufügte und einen verlegenen Seitenblick zu Ignaz wagte. Er wirkte nachdenklich. Doch er drückte heimlich ihre Hand und stimmte ihr mit einem Lächeln zu. Eine Welt ohne Musik sei trostlos, sagte er. Deshalb habe wohl auch der Salzburger Hoforgelmeister den Auftrag erhalten, das Hornwerk mit einer neuen Walze und für jeden Monat des Jahres mit einer anderen Melodie auszustatten. Die Liedsätze habe mit sechs Stücken der Hofkomponist Leopold Mozart geliefert.

Sagte es und winkte einer Gruppe von Männern, es mussten Schreiner sein in Sonntagskleidung, die schon eine Weile mit Winken und Zurufen auf sich aufmerksam gemacht hatten. Sie standen vor einem Zelt, aus dem die Leute strömten.

„Schau nur! Dort ist eine Schreckenslaterne!“ Er zog sie an der Hand, alte Bekannte begrüßend, durch das Gedränge, führte sie dem jungen Hugbauern dicht an der Nase vorbei, bezahlte den Eintrittspreis und betrat mit ihr eine andere Welt. Es war dunkel in dem Zelt. Im Licht der einzigen Kerze, die vor der gläsernen Schreckenslaterne stand, waren die Leute nur schemenhaft zu erkennen. Sie spürte jedoch, wie sich die Mädchen, den Uhrenhändler und den Vagabundi im Gefolge, dicht hinter ihnen in eine Reihe drängten.

Mit wehenden weißen Haaren und mit ausschweifenden Gesten betrat der Herr der magischen Lichtspiele die Bühne. Er ähnelte der geköpften Aristokratenpuppe auf der Spielzeugguillotine, die sie im Vorbeigehen in der Hand eines Jungen gesehen hatte.

„Warum starrt Ihr auf die weiße Wand?“, rief er mit lauter Stimme dem belustigten Publikum zu, und sogleich huschten, begleitet von einem allgemeinen Aufschrei, Furcht erregende Skelette und Gespenster auf einer weißen Nebelwolke über die Leinwand, lieferten sich Musketiere ein Gefecht. Der „geköpfte Aristokrat“ erzählte Geschichten zu den Bildern wie die vom schnarchenden Mann, der im Schlaf eine Maus frisst. Gleichzeitig zog er fingerfertig die bemalten Glasplatten durch die Laterne. Mitten aus dem Publikum warf er die bewegten Bilder von sich drehenden Windmühlen, Schlittenfahrten, jonglierenden Harlekinen und Feuer speienden Riesen auf die Leinwand, eine optische Täuschung, den Nebel schuf er versteckt auf einer einfachen Räucherpfanne. Einen Atemzug lang hatte Barbara ihn schemenhaft mit der Räucherpfanne hantieren sehen, einen Atemzug, bevor sich in der Dunkelheit Ignaz' kalte Hand aufmachte, sich an der Stelle, an der ihre dicken, wollenen Strümpfe endeten, nach Wärme zu suchen.

Und dann, unter dem „Ah" und „Oh" der Zuschauer, berichtete der „geköpfte Aristokrat", dass sich der Kaiser der Franzosen im vergangenen Dezember in Paris durch die eigene Hand die Krone auf das Haupt gesetzt und damit, in Anwesenheit des Papstes, sich selbst und seine Frau Josephine gekrönt habe. Ehemalige Fischerweiber, die nun Adelige seien, hätten die Schleppe der Kaiserin getragen, die über und über mit Bienen aus goldenen Fäden bestickt gewesen sei.

So sah also dieser Napoleon aus! Nie zuvor hatte sie ein solch klares und forsches Gesicht gesehen. Noch nie einen solch entschlossenen Blick, solch tiefgrüne Augen. Seine dichten dunkeln Haare fielen ihm verwegen in die Stirn. Er hatte einen kleinen Mund und eine alles überragende, fein geschwungene Nase. Das war also der Mann, der durch Abstimmung des französischen Volkes Kaiser wurde. Bei dessen Auftreten Tausende Kopf an Kopf standen, weil jeder den Mann sehen wollte, und so genau wie möglich sehen wollte, der seinen Verwandten und Vertrauten Kronen und Throne verteilte. Der die Geschicke Europas, Freude, Hoffnung, Not und Elend in seiner allmächtigen Hand hielt. Die Huldigungen, die man ihm darbringe, erzählte der „Geköpfte", sowohl die aufrichtigen als auch die gezwungenen, gingen ins Ungeheuerliche. Nicht nur die blöde Menge vergöttere den Gewaltigen, auch die Fürsten erniedrigten sich zu der elendsten Schmeichelei und Augendienerei.

Das war also der Mann, der den Markgrafen von Baden zum Kurfürsten gemacht hatte. Den die Mutter mit der Bratpfanne erschlagen wollte, weil er die Kirchen ausräumen ließ. Der, wie sie nun erfuhr, den Frondienst abgeschafft und die Bauern von den drückenden Lasten der Klöster enthoben hatte. Der wie alle Franzosen kein grobes, dunkles Brot aß. Und der vielleicht nicht tanzte. Was sie nicht glauben wollte. Denn der Mann auf der Leinwand, den eines der Bilder als siegenden Kriegsherrn vor den Pyramiden Ägyptens gezeigt hatte, strahlte eine tiefe Leidenschaft aus.

Sie taumelte aus dieser wundersamen Welt von Licht und Farbe in den Mittag hinein, und wartete fröstelnd auf Ignaz, der von einem der Umstehenden auf ein Wort gebeten wurde.

„Der Uhrennazi sollte seine Treiborgeln hier ausstellen! Das wäre eine Sensation", sagte Anna Maria Siffert zu ihr, als sie nebeneinander aus dem Zelt traten. Und zu ihrem Erstaunen konnte sie ihr jede einzelne Figur auf das Genaueste beschreiben.

Ignaz winkte sie zu sich. Wie benommen ging sie auf ihn zu, nahm Wortfetzen auf von schlecht abgelagerten und bombierten Uhrenschildern, von Grundierung, Terpentindünsten und von Bleiweiß und spürte den Seitenblick, mit dem sein Gesprächspartner sie unentwegt musterte.

„Lasst uns Bodenkarussell fahren!", hörte sie eine der Wirtstöchter rufen. Sie hatte schon davon gehört. In einem am Boden liegenden Holzkreuz war ein drehbarer Mast befestigt, auf dem sich möglichst viele Leute tummelten bis ihnen schlecht war.

Fremdländische Worte flogen ihr entgegen. Sie klangen wie Musik. Machten ihr Herz klopfen. „Melarancia!“, hörte sie eine aus tiefer Brust kommende, angeraute Männerstimme rufen. Die Pomeranzenhändler! Auf den ersten Blick zählte sie vier, fünf dunkelhäutige, lebhaft gestikulierende, bärtige Männer, von der Menschenmenge umringt, mittendrin. Einer von ihnen hatte einen Dudelsack unter den Arm geklemmt, wie der Hirte an der Krippe, eine Zampogna womöglich, ein anderer hatte etwas wie eine Serinette umgehängt, nur größer. Ihr Herz klopfte bis zum Hals. Sie redeten laut und wild durcheinander, unterstrichen ihre Worte mit ihren Gesten und zogen jeden, der ihren Weg säumte, in ihre Handlung hinein. Diese Männer hatten den Süden in ihren dunklen Augen, jenes sonnendurchflutete, azurblaue Geheimnis, das ihr weit hinter den Schweizer Schneeriesen für immer verborgen bleiben würde.

„Bell'arancia. Bella. Bella!“ Sie kamen daher wie der Frühling, der jedes Jahr aufs Neue draußen auf den Feldern tanzte und so tat, als sei es das allererste Mal. „Melarancia! Melarancia!“, riefen sie in die Menge hinein und hielten den Umstehenden ihre Körbe unter die Nase. Die Schätze, die sie darin trugen, waren von tiefem Gelb, von heiter-melancholischem Wohlgeruch. Von weither und deshalb so kostbar. Die Engländerinnen bereiteten daraus ihre köstliche Marmelade, wusste sie.

„Melarancia!“ Bitterorangen, Pomeranzen!

„Her damit!“, rief eine Frauenstimme. „Sie vertreiben die Motten aus dem Schrank!“

„Ja, nur her damit!“, hörte sie einen Mann rufen. „Sie vertreiben auch böse Lüfte!“ Und dabei schimpfte er, dass ihn eine dieser Pomeranzen so viel koste wie ein großes Glas Bier.

„Melarancia! Melarancia!“

Das hier musste das Palaver sein, von dem die Mutter immer redete. Der ältere von ihnen, auf dessen Schulter zu ihrem Erstaunen jener grünrote Papagei mit gelbem Kopf thronte, hatte einen flachen Holzkasten in der Hand, in dem sich unzählige abgegriffene Zettel befanden. Er kam geradewegs auf sie zu und redete mit Händen und Füßen auf sie ein, und wenn sie auch kein einziges seiner Worte verstand, war es doch ein Leichtes, sich in seinen dunklen Augen zu spiegeln und zu erahnen, dass er ihr hier und jetzt einen Blick in die Zukunft ermöglichen wollte. Das Blut schoss ihr in die Wangen. Die Neugier der Menschenmenge umschlich sie lauernd. Wie ein Tier kurz vor dem Sprung.

„Hier“, rief plötzlich jemand aus der Menge und streckte den Arm. Der Italiener warf den Kopf zu ihm herum und rief etwas wie „Bravo, Signore! Bravissimo! Cinquemillecinquecinquantadue!“ Alle lachten. Es war Lorenz, der da gerufen hatte, der Sohn des Hugbauern. Ungeduldig hielt er ihm ein Geldstück entgegen. Der Papagei reckte Aufmerksamkeit heischend den Hals, sah erhaben um sich, richtete seine Blicke auf den, der nun die große Vogelorgel betätigte, und fing zu aller Erstaunen zu singen an.

„Eine Peroquette!“, hörte sie Ignaz dicht an ihrem

Ohr. Und dann, die Welt schien den Atem anzuhalten, kletterte der Papagei von der Schulter des Mannes herunter, setzte sich auf dessen braune Hand, schob seinen Schnabel wählerisch in der flachen Holzkiste durch die Zettel. Er wühlte und drehte sich zu der Menschenmenge um, als müsste er nachsinnen. Plötzlich jedoch stürzte er sich auf einen dieser vielen Zettel, kletterte über den kräftigen Arm zur Schulter zurück, reckte den Kopf und „tätäräta" hielt Lorenz Hug unter dem Beifall der Umstehenden das Fetzchen Papier, das seine Zukunft bedeuten sollte, entgegen. Sie sah noch, wie er den Zettel heimlich öffnete. Dann, ein paar Atemzüge später nur, drängte er sich verheißungsvoll lächelnd an ihre Seite.

„Du musst mich heiraten!" Sie spürte, wie seine Hand nach ihrem Handgelenk griff. „Du bist für mich bestimmt!"

„Wie kommst du nur darauf!" Sie riss sich los.

„Du hast mich bei der Kirmes zum Tanz aufgefordert. Das ist ein Versprechen!"

„Das gilt nur im umgekehrten Sinn." Ihre Stimme zitterte.

„Es gilt nur, wenn ein Mann ein Mädchen zum Tanz auffordert!" Es machte ihr Angst, wie sicher und überzeugt er auf einmal auftrat. Sie spürte die Blicke aller auf sich. Ohne sich umzusehen versuchte sie von ihm wegzukommen, sich an den Leuten vorbeizudrängen.

„Barbara!" Ignaz konnte ihr kaum folgen. „Was läufst du davon?"

„Ich habe Hunger", sagte sie nur und wischte mit einem Lächeln die Bedenken aus seinem Gesicht.

Mathias Martin aß mit beiden Söhnen in Gesellschaft eines Holzhändlers am Nachbartisch im „Löwen“, wo sich der sonntägliche Bratenduft gehalten hatte. Sie fachsimpelten über die Lagerung von Klavierholz und hatten eine Flasche roten Wein auf dem Tisch stehen. Martin und der Händler grüßten freundlich zurück. Die beiden Söhne jedoch, in gutes dunkles Tuch gekleidet, gaben sich sehr verhalten, es war ihr nicht entgangen.

Sie hatte eben mit dem ersten Stück Bratwurst die Prophezeiung des jungen Hugbauern hinuntergeschluckt, als sie Gesang vernahm, der immer näher zu kommen schien. Dreistimmig, und diese Stimmen hatten keinerlei Ähnlichkeit mit denen der Männer aus dem Kirchenchor. Ihr Gesang war fröhlich und wehmütig zugleich. Er kitzelte ihre Seele, verlieh ihr Leichtigkeit, um sie in demselben Augenblick wieder auf den Boden zu drücken. Die Pomeranzenhändler!

Sie kamen zur Wirtshaustüre herein und boten an den Tischen ihre teuren Waren feil. Und sie hatten „Bella Mageretha“ dabei, eine große Puppe mit schwarzen Haaren, die mittels Federaufzug laufen konnte.

Viele staunende Leute kamen in ihrem Gefolge, und plötzlich drängte sich auch der Uhrenhändler mit den Töchtern des Ochsenwirts in die Wirtsstube. Ihnen folgte Anna Maria Siffert. „Bella Mageretha“ verlangsamte plötzlich ihre Bewegungen, und einer der Italiener fing sie auf. Mit geübten Handgriffen zog er sie auf, und sogleich lief sie wieder frisch und munter zum nächsten Tisch.

Diese Welt würde immer verrückter, stellte der Uhrenhändler mit Erstaunen fest. Ignaz sagte, die „Bella Mageretha" habe er als Kind schon gekannt. Ihretwegen habe er immer auf die Italiener und die Savoyarden gewartet.

„Noch vor der Jahrhundertwende hat ein ›Schach spielender Türke‹ die höfischen Gesellschaften in seinen Bann gezogen", fuhr er fort, „ein Automat, der es verstanden hat, gegen gute Schachspieler in immer wieder neuen Varianten zu gewinnen. Selbst Napoleon Bonaparte soll er geschlagen haben."

Schallendes Gelächter brach aus. Napoleon hatte erst den fünfundneunzigtausend Habsburgern mit sechzigtausend Franzosen eine vernichtende Niederlage beigebracht und war triumphierend in Wien einmarschiert! Napoleon würde sich nie geschlagen geben, sagten sie. Schon gar nicht von einem Automaten!

„Es ist wahr!", hörte sie auf einmal Mathias Martin sagen. „Ich kenne diese Geschichte." Und dann erzählte er, dass er im Elsass vor vielen Jahren schon eine Theaterbühne mit Männle gesehen habe, die mit Sand angetrieben wurde. „Sie muss an die zweihundert Jahre alt gewesen sein, diese Bühne, und sie war nicht höher und nicht breiter als meine Gabel hier und über und über mit Gold verziert. Darauf standen drei vornehm gekleidete Schmiede und hämmerten ein Schwert in Form." Sein Blick traf sich mit Ignaz Blick, und dann legte unter dem Gelächter der Leute der Papagei auf der Schulter des Italieners plötzlich den Kopf zur Seite und ließ seinen Blick nicht mehr von ihr ab, als habe er sie wieder erkannt, als wollte er ihr eine neue, vielleicht letzte Gelegenheit bie ten, in die Zukunft zu sehen. Ignaz winkte ihn herbei.

„Prego, Signore!“, rief der Italiener mit ausladender Geste, und jeder, der in der Wirtsstube saß, stellte sein Weinglas ab, legte Messer und Gabel beiseite und spitzte die Ohren.

Ihr war ganz heiß. Ignaz reichte dem Italiener das verlangte Geld. Das Ritual, das sie zuvor auf dem Marktplatz erlebt hatte, wiederholte sich hier am Tisch. Wie einstudiert kletterte der Papagei vom Arm seines Besitzers hinunter auf seine Hand, wühlte mit dem Schnabel im Zettelhaufen, drehte sich um, als sinniere er darüber, stürzte sich dann auf eines dieser zusammengefalteten Fetzchen Papier, um sogleich auf die Schulter zurückzukehren und „tätäräta!“ zu verkünden, dass schon wieder jemandem ein Blick in die Zukunft vergönnt sei. Unter den Augen aller legte er ihr den Zettel in die geöffnete Hand. Sie traute sich kaum aufzusehen. Sie tat hier Verbotenes.

Ihre Finger zitterten und ihre Wangen glühten, als sie den Zettel auseinander faltete. In ungelenker Schrift, doch in deutscher Sprache, stand geschrieben: „Nutze die Gunst der Stunde, um dich einer Erfahrung zu öffnen, von der du dir Glück versprichst!“

Er wüsste so gerne, was ihr so rote Wangen mache, rief einer der Männer vom Nachbartisch herüber, doch dann gab zu ihrer Erleichterung Anna Maria Siffert dem Italiener das Zeichen, die Gunst der Stunde auch nutzen zu wollen. Auch ihr war die Aufregung anzusehen, als sie ihre papierenen Rosen auf den Tisch legte, um den Zettel aufzufalten.

„Lass dich von der Stimme deines Herzens leiten!“, las sie mit bebender Stimme und war sich des Beifalls sicher. „Du könntest tatsächlich dem großen Glück direkt in die Arme laufen.“

In ihrer übergroßen Freude hätte sie den Zettel beinahe zerrissen. Doch dann steckte sie ihn triumphierend in ihr Mieder und forderte dabei den Uhrennazi auf, es ihnen beiden gleich zu tun und einen Blick in die Zukunft zu wagen.

„Tätärätä!“

„Eine Trennung oder ein Versprechen. Mit allen Folgen. Danach bist du bereit für die großen Dinge“, las er unter dem Drängen aller Umstehenden vor.

„Ein schöner Josephstag bringt ein schönes Jahr!“

Es war nur eine alte Bauernregel, die sie Anna Maria Siffert so daher sagen hörte. Und doch war ihr dabei so seltsam zumute. Der Spruch auf ihrem Zettel, die Gunst der Stunde zu nutzen, so oft sie ihn auch drehte und wendete, er machte keinen Sinn.

Eine Zeit lang stand sie noch auf der Wirtshaustreppe und dachte laut darüber nach, ob die Wahrheit wirklich in schmutzigen Händen wie die des Pomeranzenhändlers daherkomme. Er glaube eh nicht an diesen Quatsch, lachte Ignaz, obwohl er hinter gepflegten Händen schon viel Heuchelei ausgemacht habe.

Die Zampogna, ja, die Zampogna, die wollte er noch auf die Orgel bringen. Im Bassbereich. Er müsste dabei den Winddruck über die Balgfedern verstärken.

„Hier ist es eisigkalt.“ Sie rieb sich die Hände und steckte sie in ihre Rockfalten.

Er streichelte ihren Handrücken mit dem Daumen. „Komm!“, sagte er lachend und zog sie den kurzen Weg zur Kirche hinüber. „Lass uns die Gunst der Stunde nutzen.“ Kurze Zeit später fühlte sie leise erschauernd seine Hand auf ihrem warmen Oberschenkel.

„Wenn uns jemand sieht!“, sagte sie außer Atem und sah sich nach allen Seiten um.

„Ich muss dich küssen“, flüsterte er und löste mit sanfter Gewalt ihre verkrampften Finger von seinem Arm. „Alles an dir ist so schön und so weich.“

Er nahm ihre Hand und küsste die Innenfläche.

„Eine Trennung oder ein Versprechen. Mit allen Folgen.“ Ihre Stimme klang heiser, als sie diese Worte wiederholte.

Er zog sie ganz nah zu sich heran. „Es vergeht kein Tag, an dem ich nicht Sehnsucht nach dir hätte“, flüsterte er.

Dann spürte sie seine Lippen an ihrem Hals und seine Hand über ihre Brust streichen. Kleine, hitzige Wellen schossen ihr durch den Bauch.

11

Im November hatte es zu schneien begonnen, dicke, weiche Flocken. Sie schmolzen, kaum dass sie den Boden berührten. Verwandelten die Straße in einen matschigen Trampelpfad. Dann, nach einer kalten Nacht, war der Boden gefährlich glatt geworden.

Ignaz schwieg lange, als wäre er sehr weit entfernt, auf einem anderen Stern, und müsste ihr Anliegen, sie wolle mit ihm reden und zwar sofort, lange erwägen.

Ihr Herz klopfte, und dann sprach Ignaz den einen Satz, der über ihr Leben entschied:

„Ich werde Anna Maria heiraten."

In seiner Stimme war etwas Fremdes, Gehetztes. Sie nahm es weniger mit dem Ohr als mit dem Herzen wahr. Sie saß erstarrt auf dem Stuhl und brachte kein Wort heraus. So war das also.

Er sah sie ernst an und dachte nach. Bevor er antwortete, dachte er immer nach, schöpfte gewissermaßen Atem.

„Nein, die große Leidenschaft ist es nicht", hörte sie ihn sagen. „Sie gab mir einfach zu verstehen, sie sei da, sie lebe in der Nähe und erwarte mich. Als ob mich im Dunkeln zwei Augen beobachteten."

Sie lachte, aber mit trockener Kehle.

Er stand an den Tisch gelehnt, zuckte mit den Schultern und schaute sie lange an. Forschend und traurig. Blickte mit seitwärts geneigtem Kopf auf sie. Alles, was zur Welt des Gestern gehört hatte, war eingestürzt und kaputtgegangen.

„Es gibt schlechtere Weiber zum Heiraten als die Siffertin“, sagte der Vater und spielte auf die Mitgift an. Als hätte sie sich den Ausgang ihrer Geschichte an ihren zehn Fingern abzählen können. Die Mutter meinte nichts anderes, als sie sagte, der Uhrennazi mache nicht den Eindruck, als ob er etwas anbrennen ließe.

Es fiel ihr schwer zu sprechen. Sie konnte weder denken noch arbeiten. Und draußen drehte sich das Leben wie ein wild gewordener Kreisel.

Der Kaiser von Österreich hatte den Breisgau an Baden abgetreten!

„Mir ist zumute, als wenn ein alter Freund gestorben wär“, sagte die Mutter. „Heute Morgen wurden zum ersten Mal ›Kaiser und Reich‹ aus dem Kirchengebet weggelassen.“

Napoleon hatte das Kurfürstentum Baden zum Großherzogtum erhoben, und dieses Baden, das nun, wie es hieß, fast fünfmal so groß war wie zuvor, war ihm so wichtig, dass er im August in Paris seine siebzehnjährige Adoptivtochter und kaiserliche Hoheit Stephanie Beauharnais mit dem Erbprinzen Karl Ludwig, diesem Langweiler, verheiratete. Als Mitgift hatte Napoleon den Breisgau versprochen. Badische Soldaten kämpften nun in seinen Schlachten mit.

Dem alten habsburgtreuen Freiburger Regierungschef hatte man die Schmach, den Breisgau an das Großherzogtum Baden übergeben zu müssen, erspart. Sein Stellvertreter hatte mit einer Rede versucht, die Degradierung Freiburgs vom westlichen Vorposten Österreichs zu einer badischen Provinzstadt mit den Worten schmackhaft zu machen, dass der Stifter dieses großen Glückes Napoleon, der Held des Zeitalters, sei.

Der betuchte Ochsenwirt hatte es sich leisten können, seine Nase dazwischen zu haben, als sich die ganze Versammlung in das Münster begeben hatte, wo ein feierliches Tedeum gesungen wurde, das der Prälat von Sankt Blasien intoniert hatte. Er konnte dieses Ereignis bis auf die kleinste Pose berichten. Und sie wusste nicht, war es Mitleid oder Schadenfreude, was aus seinen Augen sprach, während sie mit dem Maßband vor ihm stand. Ihr war jedenfalls, als kannte er auch ihre Geschichte in allen Einzelheiten.

Sankt Blasien! Im Kloster Sankt Blasien ließ Ignaz die Musik für seine Walzen arrangieren. Sie sah ihn vor sich, wie er ihr, verlegen lächelnd, eine Pfeife in der Hand, vom Register erzählte. Sie drehte sich um und tupfte sich heimlich mit den Fingerspitzen Tränen aus den Augen. Es sei unnütz, eine Anzahl von Frauen zu lieben, hatte er einmal gesagt, man müsse aus einer Einzigen das Instrument machen, das sämtliche Melodien wiederzugeben vermag. Sie spürte wieder seine Finger, als ihr diese Worte in den Sinn kamen, spürte sie ihren nackten Rücken streicheln. In diesem Augenblick fühlte sie sich wie etwas, das in jede Richtung zerfaserte.

Der Uhrenhändler ließ sich eine Weste von ihr anfertigen. Er kam zweimal von Mariazell, das nun Sankt Märgen hieß, durch den Schnee auf einen Sprung zur Anprobe herunter und blieb dann stundenlang sitzen. Sie stach sich die kalten, zittrigen Finger blutig, während er erzählte, man habe das Gnadenbild der Muttergottes nach Freiburg gerettet, damit es nicht verschleppt werde, und Napoleon habe den Handel mit Waren von und nach den Britischen Inseln untersagt, wolle ihn völlig unterbinden. Britische Waren würden beschlagnahmt, hieß es, britische Händler polizeilich verfolgt, selbst Briefe würden nicht mehr transportiert.

Es tropfte vom Dach, unaufhörlich, wie Herzschlag.

Sie schloss die Augen, lehnte sich zurück und versuchte, Anna Maria Sifferts Gesicht herbei zu beschwören, ein einfaches, rotbackiges Bauerngesicht, das sie oft über den Lattenzaun gemustert hatte. Sie stellte sich vor, wie sie am Abend „auf einen Sprung“ zu ihm herüberkam und dann stundenlang sitzen blieb. Wie sie ihm beim Bestiften der Walzen über die Schulter schaute, wie sie ihre Blicke seinen Händen folgen ließ, wenn er Messingstifte und Bügel auf die Walze nagelte, und wie er ihr dabei von den Stupf- und Schleipfzeichen erzählte. Sie sah ihn vor sich, einem Magier gleich, aus den Schwimmblasen des Störs den besten Leim der Welt kochen. Sie sah ihn ein wenig Branntwein hinzuschütten und ihn dick genug kochen lassen. Sah Anna Maria Siffert ihn umgarnen, ihn verführen. Sah in Gedanken zu, wie er sie küsste.

Sie hätte am Josephimarkt ihre Zunge im Zaum halten müssen, dachte sie. Ihre Anmerkung, dass die Leute viel freier lebten, bevor es Uhren gab, die ihnen den Takt angaben, musste einen Uhrmacher treffen!

„Wusstet Ihr", fragte der Uhrenhändler, während sie, den Stoffballen unter dem Arm, den Raum durchquerte, „dass der Uhrennazi im Februar heiratet?"

Sie hatte vor Augen, wie Ignaz aufstand und ein Holzscheit nachlegte. Sah ihn zuschauen, wie ein Pfannkuchen sich am Rand zu kräuseln begann, sah, wie er ihn umdrehte, wenn es verbrannt roch. Sie stellte ihn sich vor, wie er vom besten alten Silbergeld, vom spanischen und französischen, kleine Riemle abschnitt und sie auf dem Amboss so dünn wie möglich schlug, um damit Kupfer-, Messing- oder Eisenteile zu löten.

In der Erinnerung sog sie seinen Duft ein, den Duft nach Uhrmacheröl und Kernseife. Sie spürte, wie er seinen kräftigen Arm bestimmt um ihre Hüfte legte, wie er mit dem Daumen ihr Genick streichelte, wie er ihr federleichte Küsse in das Tal zwischen ihren Brüsten hauchte, Küsse von fast unerträglicher Zärtlichkeit.

Sie blickte durch die Bäume auf den Berg, der an diesem Nachmittag sehr groß und sehr nah wirkte. Der Neuschnee taute im letzten Licht der Sonne. Ignaz wusste, sie träumte von ihm. Sie träumte von ihm, wenn der Wind heulte. Sie träumte von ihm, wenn der Schnee leise fiel.

Am Tag nach Mariae Lichtmess war alles Stein und Bein gefroren. Noch vor dem Mittagessen kam der Vater sich die Hände reibend zur Werkstatt herein und sagte, der Hochzeitszug sei eben an ihm vorbeigekommen. Die Braut, den Scheppel auf dem Kopf, sei mit Gebetbuch in Goldschnitt und Rosenkranz, an der Hand der Patentante gegangen. Dahinter sei der alte Siffert mit der Siffertin mit schweren schwarzen Stiefeln, die fast bis zum Knie reichten, erhaben den Blick auf die Tochter gerichtet und die Hände in den Hosentaschen, durch den Schnee gestapft, dass sich die Luft teilte. Hinter dem elend langen Brautzug seien zwei ihm unbekannte Männer hoch zu Ross geritten.

Einer der Brüder der Braut, der Studiosus, der Pfarrer werden wolle, sei mit dem Ferdisbauer Trauzeuge.

„Es war ein reicher Kaufmannssohn,
der liebte ein armes Mädchen,
und als er über die Straße ging,
begegnet' ihm die Reiche,
begegnet' ihm die Reiche."

Sie hatte diese Melodie noch im Kopf.

Der Uhrennazi sei mit dem Vagabundi und dem Lire-Michel, der Ciboldin und ein paar Verwandten wartend vor der Kirche gestanden.

Wenn ihr der Vater auch das Gefühl gab, in diesem hoffnungslosen Fall ihre Haut zu Markte getragen zu haben, beneidete sie doch die Vorsichtigen nicht. Und die Feigen und Bedächtigen mit ihren genauen Richtlinien, die in der Liebe alles berechneten wie im Handel, die sich alles an ihren zehn Fingern abzählten und die von vorneherein festlegten, wann eine Liebe auszulaufen habe, diese erbärmlichen Hanswürste, taten ihr Leid.

Männer wie der Hugbauer, der Löwenwirt, der Gallibauer, sie brauchten die Frau doch bloß als Arbeitstier oder als Bestätigung ihrer männlichen Eitelkeit, oder sie meinten, sie müssten einem Naturgesetz Genüge tun. Und die Frauen selber erhofften von ihrem Liebsten nichts als Hilfe und Zärtlichkeit, Verständnis und Händchenhalten und wussten dabei nicht einmal, wie wertlos dies alles war. Sie begriffen nicht, dass nur sie selbst geben konnten, bedingungslos.

Die Leute im Tal, die schon immer das Gefühl haben wollten, niemand sei berechtigt, seine eigene Medizin gegen die Einsamkeit des Lebens zu entwickeln, während sie selbst in die große Kontrolle ihrer Gefühle eingewilligt hatten, rotteten sich zusammen und erließen ihr Urteil über das, was ihnen zugetragen worden war, in Form von Klatsch.

12

Zuweilen sah Barbara die Bruderin von weitem, aufgeputzt, geschäftig und mit einem dicken Bauch an ihr vorbeistolzieren. Eigentlich war sie immer in anderen Umständen. Ihren ersten Sohn, den sie auf den Namen Andreas taufen ließen, habe die Hebamme als Siebenmonatskind angegeben, hieß es. Das erste Kind habe meistens ein Siebenmonatskind zu sein, sagte man dann hinter vorgehaltener Hand. Erst das zweite dürfe kommen, wann es wolle. Über den Hof waren ein halbes Dutzend Wäscheleinen gespannt, an denen Windel an Windel hing.

Der Vagabundi erzählte, der Uhrennazi habe seine erste Drehorgel gemacht, und sie habe einen Klang, der einem an die Seele rühre. Dann sah sie ihn wieder vor sich, wie er in Sankt Märgen auf der Treppe der Klosterwirtschaft stand, und ihr seine Zukunftspläne anvertraute und dabei lachte.

Immer wurde sie sentimental, wenn sie die Kirche betrat und ihr der Geruch von Moder, Weihrauch und brennenden Kerzen in die Sinne aufstieg. Immer dachte sie dabei an den Hirten mit der Zampogna. Und immer dachte sie an ihn, den Spieluhrenmacher. Alles erinnerte sie an ihn. Selbst die Orgelbank. Denn so schmal sie auch war, sie eignete sich zu mehr als zum Orgelspiel.

Es ging auf Weihnachten zu. Sie hatte vor ein paar Tagen von der Geburt seines dritten Kindes gehört. In ihre Gedanken versunken hatte sie begonnen, auf den Altarstufen Moos für die Krippe auszubreiten, als er, den Bleistift hinter dem Ohr und sein Notizbüchlein in der Hand, mit ausladenden Schritten die Kirche durchquerte.

Er wurde ein wenig blass, als er sie sah, grüßte verlegen und blickte streng anderswohin. Die Körper erinnern sich ewig, spürte sie erstarrt. Wie Kontinente, die einst zusammengehörten. Auch er blieb stehen. Ihr Herz schien ihr aus dem Hals zu springen. Er hatte ein paar graue Haare bekommen, nahm sie mit kurzen Blicken wahr, sie schimmerten durch wie silberne Fäden. Er hatte immer noch den Geruch von Uhrmacheröl und Kernseife an sich, der sie an den Abend am Aubach denken ließ, an seinen Uhrmachertisch, sein Federbett, an den Wind und die Musik. Beide vermieden sie es, den anderen anzusehen. Doch einen Atemzug lang, einen ganzen Atemzug lang, spürte sie, wie sein Blick ihr Gesicht fragend streifte. Er machte ihr schwindelig, dieser Blick.

„Die Orgel muss repariert werden", sagte er erlösend in die Stille hinein. „Der Pfarrer hat mich um einen Kostenvoranschlag gebeten."

Sie hatte seine Stimme lange nicht mehr gehört. Sie klang heiser und brüchig und ging ihr durch und durch, als griffe jemand wehmütig nach ihrem Herzen. Er war nur einen Atemzug von ihr entfernt, nur einen Blick. Er räusperte sich. Er hatte wieder dieses Gehetzte an sich, dieses Gedrängte. Sie versuchte zu lächeln, ein hilfloses, kleines Lächeln, doch dann schossen ihr Tränen in die Augen. Er umarmte sie fest, so fest; sie konnten nicht sprechen.

Er habe den Auftrag Mathias Martin überlassen

erzählte ihr später der Pfarrer, und dieser habe das Doppelte für die Reparaturen verlangt, habe gleichzeitig auch die Orgel in der Freiburger Martinskirche repariert.

Jeder seiner Schritte wurde ihr zugetragen.

Ignaz verkehrte oft im „Bären". Trenkle, der Wirt und Bürgermeister, war den meisten seiner Kinder, von denen das neunte unterwegs war, Pate.

Einmal, Jahre später, hatte einer der Italiener seine Zampogna im „Löwen" an den Kleiderhaken gehängt, und als der Krämer seine Jacke darüber legte, entfuhr aus der Zampogna, ohne dass jemand sie nur berührt hätte, ein großes Stöhnen, das sie erschrocken hochfahren ließ. Es musste der Bordun gewesen sein, von dem er ihr erzählt hatte, damals, als der Wind um die Ecken von Scherzingers Hof heulte. Damals, als er sie fragte, wie er sie auch jemals vergessen solle!

Eines Tages würde sie verstehen, was das Leben mit dieser Liebe wollte. Warum es ihr dieses Gefühl gegeben hatte.

So vergingen die Jahre. Napoleon ließ sich von Josephine scheiden, weil die Ehe kinderlos blieb. Er heiratete die älteste Tochter des Österreichischen Kaisers gegen deren Willen und schrieb immer noch täglich flammende Liebesbriefe an seine erste Frau. Er zog mit sechshundertzwölftausend Soldaten und fünfzigtausend Pferden nach Russland und kam mit weniger als vierzigtausend Mann, von denen ein Großteil noch an Krankheiten starb, geschlagen zurück.

Wenn es an Margarethen regne, komme das Heu schlecht heim, hatte die Mutter schon immer gesagt. Zwei lange Jahre verfaulten die Kartoffeln auf dem Acker und das Korn auf dem Feld. In dieser großen Not, in der ein Bauer des Tales seinen Hof für zwei Laib Brot und ein paar Schuhe verkaufte und die Leute am Hunger starben oder an dem Brot, das sie aus ihrem letzten, mit Sägmehl gestreckten Mehl gebacken hatten, errichtete der Uhrennazi im Oberen Zinken ein stattliches zweistöckiges Haus mit einem Balkenkeller und Raum für zwei Werkstätten, in denen sechs bis acht Leute arbeiten konnten und aus denen von früh am Morgen bis spät in die Nacht Musik erklang. Es bot Schlafkammern für die Gesellen und Lehrbuben und natürlich die Wohnung, in der er mit Frau und Kindern lebte. Ein steinerner Torbogen mit der Inschrift „Ignaz 1816 Bruder“ verkünde standesgemäß den Hausherrn, erzählte ihr die Ciboldin.

Bruder habe die Lage seines Hauses sehr geschickt gewählt, merkte der Vater an, es liege direkt an der Straße nach Gütenbach und Furtwangen. So müsse er nicht, wie die Uhrmacher, seine erstellten Werke erst mühsam auf Tragbahren an die Straße tragen. Vom Pfaffbauer und der Ciboldin habe er Feld gekauft für einen Erweiterungsbau, an seine ledige Schwägerin das Nachbarhaus am Felsen verkauft und als Meistbietender ein großes Stück Feld am Schlossacker ersteigert.

Er hatte jetzt auch ein rundzapfiges Sackührle. Sie hatte ihn wie alle gemachten Männer in der Brusttasche seiner Weste danach greifen sehen, als er, den Blick fachmännisch zur Kirchturmuhr ge richtet, mit dem Pfarrer vor der Kirche stand. Und die Frau des Messdieners erzählte, der Uhrennazi habe das Amt des Kirchenuhrenaufziehers übertragen bekommen.

Viele Jahre später, sie war schon über dreißig, Ignaz' erster Sohn Andreas war vor drei Jahren schon zur Ersten Heiligen Kommunion gegangen und Napoleon längst auf Sankt Helena verbannt, löste wie jedes Jahr der südliche Wind das Ziehen in ihrer Seele aus. Es war dieses Sehnsuchtswetter, das sie auf unerwartete Weise dem Drängen von Lorenz Hug nachgeben ließ, mit ihm auf dessen Wagen nach Waldkirch auf den Josephimarkt zu fahren.

Sie schrieb es zuerst der Wehmut zu, ausgelöst durch Erinnerungen, dass sie die Musik, die ihr entgegenkam, so sehr in der Seele rührte. Gleich am Löweneck, wo sich die Leute um die Moritatensänger scharten, sah sie Napoleons Konterfei, die Hand in die Weste gesteckt. Sie sangen spöttisch von einem Napoleon von kleiner Gestalt, einem Weiberhelden, der Kinder von seinen Mätressen hatte, der alles schwärmerisch liebte, was melancholisch und romantisch war. Der nach einem Glas Champagner schon betrunken war, und als hätte sie es nicht geahnt, der seine Beine nicht stillhalten konnte bei seinem Lieblingstanz, dem Monaco.

Eine seltsame Stimmung beunruhigte sie. Bald schrieb sie dies Napoleons Schicksal zu, bald alten Erinnerungen, bald ihrer Einsamkeit.

Es musste an dieser Musik liegen, spürte sie plötzlich, diese Musik, silbern und leicht, hatte sie aus ihren Gedanken gerissen und sich erinnernd auf ihr

Gemüt gelegt, trieb ihr Tränen in die Augen. Tränen, die sie schnell verwischte.

Sie hörte ihr Herz bis zum Hals klopfen. Sie konnte sich nicht helfen, sie musste sich näher an die Menschenmenge drängen, sich auf die Zehenspitzen stellen, musste herausfinden, woher sie käme, diese zauberische Musik. Und dann nahm es ihr den Atem.

„Oh, mein Gott!“, hörte sie sich flüstern, und die Leute drehten sich um und sahen ihr unverwandt ins Gesicht. „Oh, mein Gott!“ Sie schluchzte leise, schlug sich die kalten Hände ins heiße Gesicht und blieb wie vom Blitz getroffen stehen. Das Instrument, das der Moritatensänger mit einem Lederriemen umgehängt trug, konnte nur eine Drehorgel aus Ignaz Bruders Werkstatt sein. Es wies in warm glänzendem Holz jene eingelassene Bühne auf, von der er immer geträumt, immer geredet hatte! Und hinter einer niedrigen vergoldeten Balustrade stand ein russischer Soldat mit pelzverbrämter Jacke stramm, tanzte das Bürgertum, tanzten russische, französische und österreichische Soldaten in Uniform, den Degen an der Seite, ihre Liebste im Arm. Einer dieser Soldaten hatte eine gelb-rote Schärpe um den Bauch geschlungen. Sie kannte diese Farben vom badischen Wappen. Ein Harlekin klatschte im Takt der Musik mit den Händen und nahm beim Vorbeiziehen am vorderen Bühnenrand höflich seinen Hut ab. Auf dieser kleinen Bühne drehte sich die Welt und mittendrin tanzte ganz alleine, die Hände in die Hüften gestemmt, eine kleine Dame in rotem Kleid nach dem neuesten französischen Schnitt. Ein großer Muselman mit kunstvoll geschlungenem Turban und mit Pelzbesatz an seinem langen Kaftan stand mit großer Geste neben ihr, und ein orientalisch gekleideter bärtiger Gaukler in roten Pluderhosen zog grüßend an ihr vorbei, um darauf dem Publikum, den Hut ziehend, zu huldigen.

„Oh, mein Gott!“, flüsterte sie mit trockener Kehle. Sie wischte sich die Tränen aus dem Gesicht, und der Schweiger an ihrer Seite musterte sie aus den Augenwinkeln. Es war lange her, seit Ignaz Blasius Bruder ihr versprochen hatte, sie in einem roten Kleid auf dem Wind tanzen zu lassen, hundert Jahre und mehr, wie ihr schien. Er hatte es nicht vergessen!

„Wie könnte ich dich je vergessen!“, hörte sie ihn wieder sagen. Ihr war, als sei sie zurückgekommen aus der Totenwelt.

„Das ist Madame Pompadour!“, sagte eine Männerstimme.

„Wer ist Madame Pompadour?“, hörte sie eine Frauenstimme fragen.

„Sie war mit König Louis XV. im Bett. Sie ernannte und stürzte Minister und verschaffte ihren Verwandten die besten Posten bei Hofe. Sie ist längst tot.“

„Dann ist es nicht Madame Pompadour!“, sagte die Frau entschieden, „Bruder bringt Zeitgeschichte auf die Bühne! Auf der oberen Bühne, inmitten der Fanfaren, sitzt eindeutig Fürst Metternich, der Herr über den Wiener Kongress!“

Wenn die Frau hinter ihr Recht hatte, und die kleine Dame im roten Kleid nicht Madame Pompadour war, und wenn sie, die da mittendrin im Weltgeschehen auf seiner Bühne tanzte, die Schneiderstochter Barbara Disch, darstellen sollte, dann gehörte sie demzufolge immer noch in Ignaz' Welt. Und er ließ sie um sie tanzen, diese Welt!

Da! Da! Eben kam da wieder der Gaukler dahergetanzt und zog ehrerbietig den Hut! Oh, mein Gott!

Den ganzen langen Heimweg saß sie sinnierend neben Lorenz Hug auf dem Kutschbock und sah Ignaz Blasius Bruder in seiner großen Werkstatt, umgeben von seinen Söhnen, seinen Gesellen und Lehrbuben, wie er sich diese Szenerie ausdachte, wie er dem Holzbildhauer die Figuren vorgab und wie er die kleine Dame im roten Kleid liebevoll in das Zentrum des Geschehens montierte.

„Dich lass ich auf meiner Bühne tanzen", hörte sie ihn wieder sagen, „was willst du noch mehr!" Etwas in seinem Tonfall hatte sie aufhorchen lassen, damals. Nichts, hatte sie geantwortet, als sie mit schnellen Schritten auf die Türe zugegangen war, sie wolle nichts, am wenigsten jedoch tanzen. Sie erinnerte sich noch genau.

Sie war auf dem Waldkircher Markt wohl einer Einbildung aufgesessen, schoss es ihr auf halbem Wege plötzlich heiß durch den Kopf, und sie spürte wie ihr bei diesem trüben Gedanken mehr und mehr das Herz schwer wurde. Sie hatte ihn schon damals in Verdacht gehabt, der kleinen Siffertin dasselbe erzählt zu haben, und es konnte nur die kleine Siffertin sein, die da auf seiner Bühne tanzte. Insgeheim musste sie sich eingestehen, dass diese kleine Dame sollte sie tatsächlich sie, Barbara Disch, darstellen nicht direkt ein Kompliment an sie wäre. In dem roten Kleid sah sie aus wie eine Landpomeranze! Wie ein unbeholfenes, einfältiges Frauenzimmer vom Lande, das sich mit den Sitten und Gebräuchen der großen, weiten Welt nicht auskennt! Und das große Dekolleté war weniger den Pariser Salons angepasst als Schwarzwälder Verhältnissen. Sie lachte trocken. Es konnte sich bei dieser Figur nur um die kleine Siffertin, die jetzige Bruderin, handeln!

„Ich habe zweiunddreißig Kühe im Stall, schöne Kälbchen dazu, acht Ochsen, und im Pferdestall stehen acht Rösser", sagte Lorenz Hug. Der ganze Wald oberhalb des Hofes gehörte ihm, und er wartete immer noch darauf, dass sie sagte, sie heirate ihn.

Sie versteckte ihre kalten Hände in den Falten ihres Rockes. Sie hätte ihrer Sehnsucht nicht nachgeben sollen, dachte sie, und sie schämte sich für ihre Einbildungen. Wie damals, als der Vater auf dem Heimweg sagte, sie sei sprachlos, mit offenem Mund, am Tisch gesessen, als der Uhrennazi auftauchte. Der Uhrennazi sei nicht wie die anderen Uhrmacher, hatte er darauf gesagt, der Vater. Er sei ein gemachter Mann, und sie sei nur die Schneiderstochter.

Sie hatte keine Ahnung, was sich in der Weltgeschichte tat. Doch mittlerweile hatte sie den Namen Mozart gehört, und vom Organisten wusste sie, dass dieser Mozart die bedeutendsten Stücke seiner Orgelmusik zuerst für die kleinen Walzen von selbst spielenden Orgelwerken geschrieben hatte. Ignaz Bruders Orgelwerke erkenne man an ihrem besonderen Klang, sagte der Organist. Und nur er habe dieses Figurenspiel. Was er sich damals auf der Treppe der Klosterwirtschaft in Sankt Märgen erträumt hatte, war also in Erfüllung gegangen, dachte sie, und aus seinen Treiborgeln waren richtige Drehorgeln geworden, hochwertige Arbeit in jeder Hinsicht. Drehorgeln, wie sie sonst keiner zu machen verstand.

Wieso er denn nach all der Zeit ausgerechnet sie auf seine Bühne stellen sollte, fragte sie sich und fühlte sich in ihrer Enttäuschung bestätigt, als Ignaz bei einer nächsten flüchtigen Begegnung angestrengt zur Seite sah.

Doch bald darauf wurde die Schwiegertochter des Bärenwirtes krank, und die Mutter gab ihr den Auftrag, ihr die Jacke vorbeizubringen, die sie vor Tagen schon für sie hergerichtet hatte. Dort hörte sie, wie im Nebenraum eine Uhr zu schlagen begann, und als die Stunde voll war, Schlag sechs, erklang von weit her eine wundersame Melodie, die ihr Herzklopfen machte und sie vergessen ließ, dass sie sich soeben noch mit der jungen Wirtsfrau unterhalten hatte. Die bemerkte, wie verzückt sie auf die Melodie hörte und forderte sie auf, sich das gute Stück in der Stube anzusehen. Es sei ein Hochzeitsgeschenk, sagte sie mit stolzem Unterton und merkte dabei an, dass sie nun bald schon ein Jahrzehnt mit dem Wirtssohn verheiratet sei.

Sie müsse ohnehin immer an sie denken, wenn sie das Werk näher betrachte. Dies täte sie in der Tat oft, denn es gebe auf der kleinen doppelstöckigen Bühne mit ihren zweiundfünfzig Figuren immer wieder etwas Neues zu entdecken. Barbara solle nur selber sehen, dass sie auf einer der beiden Bühnen sitze. Wirklich, lachte die Wirtsfrau, es sei ihr Gesicht, ihre Gestalt, ihre Art, die Haare zu tragen, ihre Haltung beim Sitzen. Ja, so sehe sie aus, wenn sie Nähte enger mache und Knöpfe annähe. Die Schwiegertochter des Bärenwirts führte sie vor die Uhr.

„Oh, mein Gott!“ Sie konnte nichts anderes sagen. An der Balustrade auf der unteren großen Bühne saß tatsächlich sie, Nadel und Faden in der Hand. Sie nähte an einem weißen Männerhemd aus edlem, dicht gewebtem Tuch. Es gab gar keinen Zweifel, ganz vorne, da saß sie, und eine große vergoldete Säule trennte sie vom Rest der großen Szenerie. Sie trug ein hellgrünes, weich fallendes, mit Spitzen besetztes Kleid. Ihre dunklen Haare waren hochgesteckt nach Pariser Art. Ihre Arme waren nackt!

„Ich liebe deine Arme!“, hörte sie ihn in der Erinnerung sagen, hörte seine Karamellstimme sie umschmeicheln. So stand sie, die Hände vors Gesicht geschlagen, bewegt davor.

„Wer macht nur solch schöne Dinge!“, sagte sie dann und versuchte, das Beben in ihrer Stimme hinter einem Räuspern zu verstecken.

„Bruder!“, war die Antwort der jungen Wirtsfrau. Sie zeigte dabei auf die knopfgroße schwarze Tafel, die, in ihrer Form an ein Herz erinnernd, mit goldenen Ornamenten umrahmt war und in der Mitte ein großes, kunstvoll geschlungenes „B“ aufwies. Die kleine Tafel hing in der Mitte des prachtvollen Balkons der oberen Bühne vor einer rot glänzenden Theaterschabracke. Unter Ignaz Bruders Monogramm kam aus einem verspiegelten Salon ein ganzes Bataillon Soldaten zu Pferd in blauer, Pelz verbrämter Uniform, Fanfaren voraus, danach zwei Männer mit viel goldenem Zierrat auf der Uniform und der Satteldecke und mit der Kopfbedeckung eines Generals. Sie hatte noch nie einen Franzosen zu Gesicht bekommen, doch sie spürte aus dem Bauch heraus, dass es sich bei den Männern um Franzosen handeln musste. Einer der beiden, der mit dem entschlossenen, siegesgewissen Gesicht, trug Napoleons Hut. Oh Gott, er musste Napoleon sein!

Dieser Napoleon, der den Schwarzwaldengländern das ganze Geschäft verdorben und ihnen mit seiner Kontinentalsperre jeglichen Briefkontakt mit daheim unterbunden, ihnen selbst den vielgeliebten Tee zurückgehalten hatte, und den sie deshalb nun als Lump beschimpften. Napoleon war katholisch, wusste sie mittlerweile, und ihm lag viel daran, dass die Bürger zu ihren Rechten kamen.

Hinter den beiden Befehlshabern ritten wieder Soldaten zu Pferd daher, sie konnte sie gar nicht alle auf einmal zählen. Sie trugen rote Hüte, groß wie ihr Melkeimer, mit riesigen Federbüschen! Und kaum hatte sie den Aufmarsch gesehen, verschwand er wieder hinter Spiegeln und rot-goldenen Wänden, und das Spiel fing von vorne an.

Dahinter und daneben tanzten und spazierten eine junge Frau in der Sonntagstracht, Bürgersleute im Sonntagsgewand – Neureiche, der Herr mit Zylinder und die Dame in feinstes Tuch gehüllt –, es musste Seide sein. Beide rauchten sie Pfeife. Zur einen Seite hämmerte ein Schmied auf den Amboss ein, zur anderen arbeitete ein Schuster an einem neuen Schuh; ein Anklang an Ignaz' Schwiegervater, der Schuster war und Schneider zugleich, vermutete sie. Am rechten Bühnenrand, fast versteckt, teilte ein Holzfäller in Schwarzwälder Tracht einen langen Stamm mit der Axt. Links, ganz nah bei ihrem Ebenbild, nähte ein Schneider mit einer roten Mütze an einem großen Stück Leinen. Dahinter schaute ein schwarz-weißes Kälbchen hervor, setzte sich ein Bajazzo in Szene. Das ganze Szenario wurde bewacht von einem kostbar gekleideten Orientalen, der einen Turban trug, und einem Soldaten, dessen grimmiges Gesicht von einem gewaltigen Schnurrbart beherrscht wurde.

Auf der Bühne darüber, die einem großen Balkon nachempfunden schien, marschierte aus dem einem der beiden vergoldeten Torbogen ein Musikcorps auf, um im zweiten Torbogen wieder zu verschwinden, Soldaten mit roten Hosen und blauen Jacken, einen blauen „Melkeimer" auf dem Kopf, zuvorderst der Tambourmajor in weißer Hose, schwarzen Stiefeln und blauem Frack, flankiert von Generälen und einem prachtvoll gekleideten Muselmanen.

Bruder baue an, berichtete ihr das junge Ding unbedarft, er habe sein Anwesen um ein Mattfeld erweitert, zumindest erzähle man es sich in der Wirtsstube. Die junge Wirtin, die nichts von alledem wusste, was sie mit Ignaz Bruder verband, war auch darüber im Bilde, dass er für eine ansehnliche Summe aus dem Besitz seines Schwiegervaters eine Haushälfte in der Kirchstraße und auch noch das Haus des Spieluhrenmachers Fischer gekauft habe. Dessen Sohn sei an der Uhrmacherei irrsinnig geworden. Sie habe sich schon immer über dessen wirren Blick gewundert, habe immer gedacht, dass er einen Zahn zu viel im Rädchen hatte, lachte sie.

Es schien ihr ein kluger Kauf zu sein, wenn sie darüber nachdachte. Mit Fischers Haus hatte er nämlich auch dessen Kundschaft übernommen.

Der Orgelbauer Martin war tot. Auch Napoleon musste sterben. Die Kunde ging um, er sei in seiner Verbannung auf Sankt Helena vergiftet worden. Ignaz Bruder habe für hundertundsiebzehn Gulden die Kirchenorgel repariert, erfuhr sie vom Pfarrer nebenbei.

Ignaz' ältester Sohn Andreas heiratete Maria Bammert bald nachdem der jüngste seiner Brüder am Tag nach der Geburt gestorben war. Zwei Jahre zuvor schon hatte einer von Ignaz' Söhnen die Geburt nicht überlebt. Zwei weitere Söhne starben im Kleinkindalter. Dennoch zogen in Andreas' Brautzug neben den Eltern zehn Geschwister mit in die Kirche ein. Andreas bekam vom Vater das von Fischer gekaufte Haus überschrieben. Die Uhrenwerkstatt baue er nun zu einer Drehorgelfabrik aus, hieß es. Er und sein Bruder Xaver hatten ihre Lehre beim Vater beendet.

Eines Morgens dann, die Schwalben hatten sich schon in den Süden davon gemacht, hörte sie von der Straße her ein Schreien und Rufen. Sie lief zum Fenster und blieb wie vom Blitz getroffen stehen. Eine aufgelöste Kinderschar rannte barfuß hinter einem Mann her, der einen Bären an der Leine führte. Von Zeit zu Zeit erhob sich der Bär und drehte sich um seine eigene Achse, als wollte er den staunenden Kindern zeigen, dass von ihm etwas zu erwarten sei. Dabei überragte er den etwas untersetzten Mann mit dem großen schwarzen Hut, der ihm ein Stückchen Zucker in der hohlen Hand vor die Lefzen hielt, um einen ganzen Kopf. Die Kinder blieben stehen und rannten vor Schreck wieder ein paar Schritte zurück, wenn ihnen der Bär zu nahe kam. Der Mann und der Bär schienen aufeinander eingespielt zu sein.

„Massimo!“, ging es ihr durch den Kopf. Es gab ihn wirklich! Und sein Weg führte zu Ignaz Blasius Bruders Orgelwerkstatt. Wohin auch sonst! Sie hatte noch nie einen Bären gesehen.

Seit die beiden ältesten Söhne ihn unterstützten, hieß es, nehme sich Bruder endlich Zeit, sein ausgeklügeltes Wissen der hohen Orgelbaukunst für seine Nachkommen festzuhalten. Sie hatte dabei vor Augen, wie er bei dämmrigem Kerzenlicht, um die richtigen Worte ringend, die Feder in die Tinte tauchte.

Die Ausbildung seiner Söhne würde einmal die Uhrmacherei mit einbeziehen, hörte sie ihn in der Erinnerung sagen, Uhrmacher lernten, ihren Blick zu schärfen. Bilder seiner ersten Werkstatt in Scherzingers Hof stiegen in ihr auf, und sie spürte in der Erinnerung wieder die Wärme seines Ofens und die seiner Hände. Draußen, wusste sie, draußen im Nebel, standen die Tannen mit hängenden, triefenden Ästen und gaben sich der Melancholie eines trüben Wintertages hin.

13

Ignaz saß da mit halb geschlossenen Augen und über dem Bauch verschränkten Armen. Er saß in ihrer Schneiderwerkstatt, als sei er hier in diesen vier Wänden aufgewachsen. Er sah sie nicht an und schwieg auf seine so seltsame, blicklose Weise, als höre er gar nicht zu. Als wisse er, was sie sagen würde, und lauschte mit seinem merkwürdigen, in sich selbst ruhenden Wesen doch in ihr Schweigen. Sein Gesicht war mehr denn je das eines Menschen, der alles wusste, alles, was die anderen erzählen mochten, und der darüber hinaus noch etwas wusste, das er noch nicht sagen konnte. Er saß da, und sie schwieg. Ihr Herz klopfte so stark, dass sie meinte, er müsste es hören, und ihre Hände zitterten.

„Ich habe dich auf meiner letzten Flötenuhr verewigt", sagte er dann. „Ich hatte dich immer vor Augen, wie du das Maßband hältst, wie du die Nadel mit dem Faden führst, deine Haltung, deine Arme."

Sie stach sich mit der Nadel in den Finger und leckte, ohne aufzusehen, das Blut weg.

„Ich habe oft an dich gedacht", fügte er hinzu, und sie nähte geschäftig die Knöpfe an das Nachthemd des Gallibauern.

„Was verschafft mir die Ehre deines Besuchs?", sagte sie, um endlich das Schweigen zwischen ihnen zu brechen. Ihre Stimme klang kühl. Beinahe hätte sie sich die Finger verbrannt, als sie das Plätteisen aus den glühenden Kohlen holte. Sie bügelte das Nachthemd und horchte in der Stille auf eine Antwort.

„Was willst du?“, fragte sie weiter, als er schwieg.

„Dich heiraten!“ Er sagte es aus dem Brustton der Überzeugung. Sie schaffte es gerade noch rechtzeitig, das Plätteisen vom Nachthemd zu nehmen und wischte mit zittrigen Fingern die Kohlespuren weg, die es auf dem Ärmel hinterlassen hatte. Dabei sah sie ihn an, als hätte er gerade gesagt, er sei an der Uhrmacherei übergeschnappt. Er hielt sie wohl für einen Tanzkreisel, der sich auf sein Geheiß um ihn drehte, immer und immer wieder, bis in alle Ewigkeit.

„Du gehörst ins Narrenhaus!“, sagte sie aufgebracht.

„Ich habe dich all die Jahre auf Schritt und Tritt mitgenommen.“

„Du hattest gar keinen Platz für mich!“

„Doch!“, sagte er. „In meinem Herzen.“

Er schien mit sich zu ringen, fiel ihr auf. Sie hob den Blick und sah ihm unverwandt ins Gesicht.

„Anna Maria ist krank!“ Er sagte es mit brüchiger Stimme. „Es sei Steckkatarrh, sagt der Doktor. Sie hat nicht mehr allzu lange zu leben.“

Er konnte nicht weiterreden. Doch sie wusste, was er ihr erzählen wollte. Ihre Tante Josepha hatte auch Steckkatarrh gehabt. Sie hatte bis in den Mai über den Katarrh geklagt, den sie den Winter über nicht losgeworden war, und hustete immerzu, erinnerte sie sich. Die Tante wurde zusehends blasser und schwächer. Eines Tages dann sagte sie, der Husten käme vom Herzen, sie könne es förmlich spüren. Dabei rang sie nach Luft und lief blau an. Auch die Lippen der Tante waren immer von dieser beängstigenden Farbe. Sie wurde dreimal in der

Woche zur Ader gelassen, und dann, von heute auf morgen, starb sie. Einfach so.

Wenn die Bruderin sterben würde, blieben fünf unmündige Kinder zurück.

„Und da kommst du ausgerechnet zu mir!", hielt sie ihm mit zittriger Stimme vor. Er schwieg.

„Die kleine Dame im roten Kleid, die auf dem Wind tanzt", sagte sie nach einer Weile, „bin das auch ich?" Er nickte. Sie müsse doch wissen, dass er es ihr versprochen hatte, sagte er.

„Diese kleine, dicke, runde Landpomeranze? Was hast du dir dabei nur gedacht!"

Genau so, wie sie jetzt dastehe, sagte er, genau so habe er sie in Erinnerung gehabt, die Hände in die Hüften gestemmt, wie der Vesuv kurz vor dem Ausbruch. Genau so sei sie dagestanden, als er ihr eröffnet hatte, dass er Anna Maria heiraten werde. Jetzt erst spürte sie ihre heißen Wangen.

Ihr war, als sei dies alles erst ein paar Tage her. Dabei lag ein gutes Vierteljahrhundert dazwischen und mit ihm all die Schrecken der Jahre. Sie drehte sich um. Er sollte nicht sehen, wie es sie bewegte.

„Mir blieb damals nichts anderes übrig, als dem Holzbildhauer eine Kleine, Dicke in Auftrag zu geben", sagte er leise und ging auf sie zu.

„Hätte die Dame in Rot dein Aussehen gehabt, wäre im Hause Bruder der Haussegen über Wochen schief gehangen", fuhr er fort, und er hielt sie dabei wie früher am Handgelenk fest und streichelte mit dem Daumen den Rücken ihrer Hand, warm und zärtlich. „Anna Maria lebte ohnehin immer in der Angst, ich könnte dich sehen, wenn ich ins Dorf hinuntergehe."

„Und“, fuhr er mit sanfter Stimme fort, „hätte ich dich in deiner vollen Schönheit, in Holz geschnitzt, immer vor Augen gehabt, wäre ich nie von dir losgekommen!“

„Ich werde bald fünfzig“, sagte sie trocken, und sie wusste selbst, dass sie über all die Jahre im Kirchenchor unbemerkt in die Rolle der alten Therese geschlüpft war, die immer streng darauf geachtet hatte, dass sich zwischen den älteren verheirateten Männern und den jungen Mädchen nichts anbahnen konnte.

„Du warst dir wohl sicher, dass die kleine Schneiderstochter auf dich wartet!“ Sie riss sich von seiner Hand los. „Tätärätä! Eine Trennung oder ein Versprechen. Mit allen Folgen. Danach bist du bereit für die großen Dinge.“ So war das doch damals auf dem Josephimarkt.

Die Uhr schlug die volle Stunde, als eine Wachtel aus dem Türchen des bemalten Uhrenschildes kam, es war ihm nicht entgangen.

„Die Amsel ist der Vogel der Fürsten“, sagte er anerkennend, „der Kuckuck ist für die Armen. Aber die Wachtel ist etwas ganz Besonderes.“ Hinter dieser Feststellung steckte eine Frage, ahnte sie, und sie überlegte, ob es ihn etwas angehe, dass diese Uhr ein Geschenk von Lorenz Hug war.

„Fünf Kinder sind bald ohne Mutter!“, sagte er.

„Nimm dir doch eine Kindsmagd!“

Er winkte ab. Flehentlich sah er sie an.

„Was sind sie gegen eine reife Frau, die Geist und Selbstbewusstsein ausstrahlt und Mütterlichkeit!“

Sie hörte seine Worte nicht ungern.

„Ich habe dich an der Kirmes wieder mit dem Hugbauern gesehen“, sagte er.

Sie lächelte.

„Du wirst die Richtige finden.“

„Ich muss sie nicht finden.“ Seine Stimme hatte jene Gewissheit und Bestimmtheit, die sie schon immer in ihren Bann gezogen hatte. Einen Atemzug lang war sie geneigt, seinem Arm zu folgen, sich an ihn zu schmiegen.

„Weiß deine Frau, dass du hier bist?“

„Ich wollte sie nicht beunruhigen.“

„Geh!“, sagte sie trocken. „Geh zu ihr. Hier gibt es nichts mehr zu besprechen!“

Sie hörte, wie der Dielenboden unter seinen Schritten knarrte und wie bald darauf die Haustüre ins Schloss fiel. Regendämmerung kam den Gartenhag entlang, sie konnte sie spüren.

14

Die Bruderin liege sterbenskrank im Bett, erzählte man sich am Sonntag nach der Kirche. Sie spürte Mitleid mit der Frau, die ihr Leben aus der Bahn geworfen hatte und darauf all die Jahre, fünfzehn Mal, mit einem dicken Bauch an ihr vorbei stolziert war.

„Auf ein Wort!“ Ignaz' Stimme klang belegt. Sie drehte sich um. Er hatte dunkle Schatten unter den Augen. „Ich habe mit Anna Maria geredet“, sagte er trocken und bezahlte den Apotheker für die Pillen, die er ihm einpackte. Ob sie wieder Muskatnüsse kaufe, fragte er sie mit einem Anflug von Lächeln. Etwas verlegen zog sie ihr wollenes Kopftuch enger um den Hals. Von Muskat werde ihr übel, gab sie ihm zur Antwort und warf einen Seitenblick zum Apotheker.

„Die Leute beobachten uns“, sagte sie leise, „lass uns in die Kirche gehen!“

Sie zitterte, als sie ihre Finger in den Weihwasserkessel tauchte. Ignaz stand vor den brennenden Kerzen. Er sagte nichts, als sie neben ihn trat, hielt nur ihre kalte Hand, wärmte sie, streichelte, in seine Gedanken vertieft, mit dem Daumen ihren Handrücken. Sie wusste, was er damit sagen wollte.

„Großvater!“ Die Stimme eines kleinen Jungen hallte plötzlich durch die Kirche. Andreas kam, seinen ältesten Sohn auf dem Arm, von der Empore herunter. Einen Augenblick lang blieb er wie angewurzelt stehen, um gleich darauf mit hastigen

Schritten, die Türe laut hinter sich schließend, zu verschwinden.

„Er hatte mich immer in Verdacht, bei dir gewesen zu sein, wenn ich einmal später aus dem Dorf zurückkam. Er muss uns damals, als ich dich hier in der Kirche in die Arme genommen habe, beobachtet haben. Er war noch ein Kind."

Sie wusste nicht, was sie sagen sollte. Doch sie spürte, dass es das Beste sei, wenn er ihm nachgehe und mit ihm rede. Er wolle nicht mehr vor ihr davonlaufen, sagte er mit bitterem Unterton, er möchte, dass das Leben an der Stelle weitergehe, an der es einmal aufgehört habe.

„Du wirst mich nie ein schlechtes Wort über Anna Maria sagen hören." Er ließ ihre Hand nicht los.

„Sie war meinen Kindern eine fürsorgliche Mutter. Sie wusste jedoch, dass ich dich nie aus dem Kopf bekommen würde."

Es tat wohl, einfach hier zu stehen, hier neben ihm, ganz nah. Endlich wieder einmal seinen Atem zu spüren und seinen Duft wahrzunehmen, seine Wärme. Ihr war, als taute der Raureif auf ihrer Seele nach einem langen Winter und springe in kleinen munteren Rinnsalen davon.

„Sie hatte es nie leicht mit mir, doch sie wusste mit meiner wetterwendischen Art umzugehen." Im Grunde sei er von früh morgens bis spät abends in der Werkstatt gewesen, und in der Nacht sei er meistens wach gelegen und habe über seinen Plänen gebrütet. Sie sah ihn von der Seite an. Immerhin habe er fünfzehn Kinder mit Anna Maria, sagte sie und hoffte dabei, er würde den harten Unterton in ihrer Stimme nicht hören.

„Heirate mich!“ Seine Stimme klang verlegen. Sie spürte, wie er den Arm um ihre Schulter legte.

Die Kinder, sagte sie, würden bestimmt die Frau ablehnen, die sich von einem Tag auf den anderen in ihr Leben dränge, und Andreas würde sagen, sie trage die Schuld am Tode der Mutter, sie habe ihr Herz bedrückt.

Ihr Atem stockte, und sie meinte, ihr Herzklopfen sei überall vernehmbar, als sie ihren Fuß über die Schwelle von Ignaz Blasius Bruders Haus setzte. Anna Maria Bruder lag, ein kräftig mit Kirschwasser getränktes Tuch zu einem Brustwickel gefaltet, erschöpft auf einem weißen Kissenberg und zog sich die Decke bis zum Hals, als die Schneiderstochter unter der Türe ihrer Schlafstube erschien.

„Es soll mir Recht sein, wenn du dich seiner annimmst“, sagte sie etwas verhalten und musterte sie von Kopf bis Fuß. Die Bruderin war nie eine Schönheit gewesen, das schien sie selbst zu wissen, und sie machte keinen Hehl daraus, dass sie sich auch jetzt, an ihr Bett gefesselt, nur ihrem Schicksal ergab. Sie atmete schwer, und ihr Husten unterbrach jeden ihrer Sätze. Zum ersten Mal sah sie ihren Ehering, einen dicken goldenen Ring, der sich im Lauf der Jahre in den Finger ihrer Schaffhände eingegraben hatte, die nun gefaltet auf der Bettdecke lagen.

„Meine Kinder brauchen eine Mutter.“ Das Reden strengte sie an. Ihre Finger zitterten, als sie den silbernen Löffel von der Marmorplatte ihres Nachttischs nahm und in Gedanken die fünfzig ihrer Allheiltropfen abzählte, die ihr die Gallibäuerin aus Einsiedeln mitgebracht hatte. Sie schluckte und lehnte sich ermattet zurück. Gott sei Dank bete man in Einsiedeln noch so, wie man es von früher her gewohnt war, seufzte sie, früher, als dieser Napoleon mit seinem Großherzogtum Baden noch nicht alles durcheinander gewürfelt hatte.

Jetzt sei nun mal sie an der Reihe, sie, die Schneiderstochter, schien ihr Blick zu sagen. Es sei ihr immer noch lieber, sagte sie, Ignaz nehme sie zur Frau, als wenn er irgendeine Junge, Schöne daherbrächte, die ihm für eitlen Tand das Geld zum Fenster hinauswerfe.

„Er hat dich auf der letzten Flötenuhr, die er gemacht hat, ein Hochzeitsgeschenk, verewigt." Ein bitterer Unterton schwang mit, als wollte sie sagen, es sei ihr nicht entgangen, dass er dem Holzbildhauer Heer aus Vöhrenbach jeden ihrer Gesichtszüge, jede einzelne ihrer immer noch dunklen Locken geschildert habe, wenn er auch versuchte, es von ihr fernzuhalten.

Sie dürfe sich nicht beklagen, sagte sie dann zwischen zwei Hustenanfällen, die sie nicht mehr zur Ruhe kommen ließen, all die Jahre habe sie Glück gehabt. All die Jahre seien, Tal auf, Tal ab, Frauen bei der Geburt oder im Kindsbett gestorben. Dass deren Männer, ohne mit der Wimper zu zucken, bald darauf eine jüngere heirateten, wussten sie beide. Dass schon bald das nächste Kind unterwegs war, hatten sie die Geburt doch überlebt, sah man an Anna Maria Bruder selber.

Sie hielt den Brustwickel fest, als der Husten sie wieder übermannte, rang nach Luft, und ihr Gesicht nahm eine bläuliche Farbe an. Sie möge ihr das Glas Wasser vom Nachttisch geben, bat sie und forderte sie mit einer knappen Geste auf, sich am Fußende ihres Bettes niederzusetzen, es mache sie unruhig, wenn sie so herumstehe.

Zögernd griff Barbara nach dem weißen Taschentuch auf dem Nachttisch und tupfte ihr die Schweißperlen ab. Sie schien es ihr mit einem leisen Anflug von Lächeln zu danken.

Ignaz, der Jüngste, stand plötzlich am Bett. Er hatte die Augen seines Vaters, jene Bernsteinaugen, die sie damals am Stand des Apothekers nicht mehr losgelassen hatten. Er hielt die Hand seiner Mutter. Er verstand nicht, was sie daherredete und musterte sie, die Fremde, die sich einfach auf das Bett seiner Mutter gesetzt hatte, obwohl sie nicht der Doktor war. Mit einem kurzen, tränenvollen Blick deutete die Bruderin ihr an, sie solle für ihn besonders Sorge tragen.

„Theresia!“ Auf das Geheiß der Mutter traten an Theresias Hand Karl, Katharina, Wilhelm, Franz und Joseph zu Ignaz, dem Jüngsten, ans Bett, gefolgt von Maria Anna, der ältesten Tochter, deren Schwangerschaft schon weit fortgeschritten war. Sie würde den mütterlichen Rat bald vermissen. Maria Anna, Theresia als auch Joseph hatten das Alter, in dem ihre Mutter geheiratet hatte, überschritten.

„Mutter, wer ist diese Frau da?“, fragte Karl.

„Euere neue Mutter!“, gab ihm die Bruderin zur Antwort. Er wolle keine neue Mutter, sagte der Junge, er habe doch sie und warf sich dabei weinend auf ihr Bett. Anna Maria Bruder weinte mit ihm, als sie ihm über den Kopf streichelte. Und der kleine Ignaz und Theresia, alle weinten sie mit der Mutter und wollten ihre Hand nicht mehr loslassen.

Sie spürte den Zweifel, ob sie, die Schneiderstochter Barbara Disch, die sich nie eines kranken Kindes wegen die Nacht um die Ohren hatte schlagen müssen, die sich zeitlebens ausruhen und tun und lassen konnte, nach was ihr der Sinn stand, diesem großen Haushalt gewachsen sei. Sie hörte Ignaz' Stimme. Laut und deutlich und verärgert. Er schien einen seiner ältesten Söhne zurechtzuweisen.

„Es ist nicht einfach mit ihm." Anna Maria hustete wieder und lehnte sich geschwächt zurück. „Er gibt immer den Ton an." Sie wisse hoffentlich auch sonst, wie es mit alten Männern sei.

Barbara hätte nur „ja" sagen müssen, und sie wäre von heute auf morgen die Hugbäuerin gewesen mit einem Gebetbuch in Goldschnitt, einem in Einsiedeln geweihten Rosenkranz und dem größten Misthaufen vor dem Hof, in dessen blank gescheuerter Stube allerhand Gespräche über Futter- und Fruchtvorräte stattfanden und die Holzpreise ausgehandelt wurden. Und sie hätte Staat machen können.

Auf dem Hof des Lorenz Hug hätte sie nie mit Gegenwind rechnen müssen.

„Ich werde dir lebenslanges Wohnrecht in meinem Haus sichern", sagte Ignaz, als er merkte, wie sie zögerte. Schon am darauf folgenden Samstag stand er mit dem unterzeichneten Ehevertrag in ihrer Werkstatt.

„Es wird nicht mehr lange dauern, bis die Bruderin das Zeitliche segnen wird. Es heißt, sie könne bereits das Bett nicht mehr verlassen." Sie ahnte, auf was Lorenz Hug hinaus wollte. Sie ließ den Josephstag verstreichen, ohne ihn nach Waldkirch zu begleiten.

Es war am 22. März, und sie würde diesen kalten Donnerstag nie mehr vergessen, als der alte Uhrenhändler aus Sankt Märgen in ihrer warmen Werkstatt saß und ihr erzählte, wie er einmal bei seiner Heimreise von London über Dover, bei Straßburg über den Rhein am Zollamt in Kehl angehalten und sein Koffer visitiert worden sei. Er habe seidene Halstücher für die Schwestern im Gepäck gehabt, die er sage und schreibe mit zwei Gulden habe verzollen müssen. Beim Verlassen des Zollamts habe ihm einer der Herren nachgerufen, er habe seinen Regenschirm vergessen. Da sei er zurückgegangen, um ihn zu holen, und sei dann Freiburg zugefahren. Er lachte auf. Dabei habe er gar keinen Schirm dabei gehabt! Doch wenn man ihn des Schirmes wegen schon nachrufe, habe er gedacht, nehme er ihn eben mit, er habe ja auch Zoll für seine Tücher bezahlen müssen. Der Schirm sei jedoch zu nobel für diese Gegend, er würde ihn als Andenken aufbewahren.

Ihr zuzusehen, wie sie die Nähte enger nähte, schien den alten Uhrenhändler zu unterhalten. Er scherzte, Napoleon, dieser Scherenschleifer, habe gesagt, man solle den Frauen etwas zu nähen oder zu sticken in die Hände geben. So seien sie versorgt und mischten sich nicht in die Politik ein. Es reiche schon, wenn die Kaiserin ihm in seine Verhandlungen rede.

Hierzulande, sinnierte er nach einer Weile, sei ein Frauenleben ein einziges Elend. Die Frauen lernten von Kindesbeinen an, sich wie die Kühe zum Pflügen und zur gröbsten und schwersten Feldarbeit heranziehen zu lassen und hätten wie die Kühe diesen trägen, verdrossenen Blick, wie man an der Ochsenwirtin sehe. In London würde man niemals ein Dienstmädchen mit einem Kehrbesen die Straße fegen sehen! Doch eines müsse er an dieser Stelle doch zugeben, sagte er, schöne, stramme Beine hätten sie alle, die Frauen im Schwarzwald, da gäbe es nichts. Sie musste ihn unterschätzt haben, den alten Uhrenhändler, dachte sie, denn keine anständige Frau im Schwarzwald war dazu zu bewegen, einfach so ihre nackten Beine zu zeigen. Die schönen Beine könnten nur von den Wegen rühren, die steil bergauf führten, meinte er, während sie darüber nachsann.

Kaum hatte er seine Rede zu Ende gebracht, stand er am Fenster und sagte, indem er sich bekreuzigte, jetzt sei die Bruderin gestorben. Die Leute aus dem ganzen Dorf strömten mit Kerzenstöcken hinauf, um an ihrer Bahre den Rosenkranz zu beten. Damit dankten sie ihr die Großherzigkeit, mit der sie ihnen während der beiden Hungerjahre Korn zugeschustert hatte. Sie hatte es in Freiburg zu Preisen, zu denen sonst Höfe verkauft wurden, auf die Wagen laden und ihnen beim Dorfbäcker Brot daraus backen lassen. Alle Jahre an Anna Marias Todestag, so verfügte Ignaz, sollten die Ärmsten des Dorfes sich beim Dorfbäcker ein Brot holen können, vorausgesetzt sie hatten zuvor das für sie bestellte Seelenamt besucht.

In all ihren Schränken und Kommoden hatte Anna Maria Bruder getrocknete Pomeranzen gehortet. Barbara fand sie nach und nach, indem sie ihrem

Duft nachspürte. Ihre Truhen quollen über von feiner Bett- und Tischwäsche, in die ihr Monogramm eingestickt war.

„Wenn ihm die Orgel zu teuer ist, lass meinetwegen das $1\frac{3}{5}$-Register weg und wenn möglich auch noch das $2\frac{2}{3}$-Register“, hörte sie Ignaz in der Werkstatt sagen. „Mir ist es lieber, er kann sie gleich bezahlen.“ Zwischen Vater und Söhnen brach oft Streit aus. Manchmal auch nur über die Frage, ob die Marseillaise aufgenagelt werden solle oder eine Melodie aus Carl Maria von Webers „Freischütz“.

Dennoch liebte sie es, ihm in die Werkstatt zu folgen, ihn von der Tür aus zu beobachten, wie er, einem Patriarchen gleich, Ratschläge erteilte, Lösungen überdachte, Verbesserungen anregte und, ob Notenschreiber in der Schreibbude oder Lehrbuben und Gesellen, alle anregte, ihm nachzueifern. Der Duft der beiden Werkstätten, dieses Gemisch von abgelagertem Holz, Leim und Politur und Seife, zog sie immer wieder an.

Sie war nun die Bruderin. Für Melodie und Begleitung waren in der Regel neunzehn und für die Bässe drei Töne vorhanden, hatte sie mittlerweile gelernt, und von einer A-Stimmung sprach man, wenn die Pfeifen gegenüber der normalen C-Stimmung um drei Halbtöne tiefer gestimmt waren. Auf der Clavis C ertönte damit der Ton A.

Bei der Bestiftung der Walze wurden die Messingstifte mit einer Spezialzange in das weiche Erlen- oder Pappelholz des Mantels gedrückt. Sie sah ihm gerne über die Schultern und ließ dabei ihren Blick seinen Fingern in den großen Setzkasten folgen und zielsicher ebene Stifte, Dickköpfe und Brücken herausnehmen. Die messerscharfen Stifte, die er damals, als sie ihn zum ersten Mal in seiner Werkstatt besuchte, noch für die Flötenuhren verwendete, kamen bei Drehorgeln kaum noch vor.

Diese elend langen, schwierigen mathematischen Formeln jedoch, die würde sie nie verstehen, nicht einmal jene, mit denen er einen Mittelwert für die Anzahl der Handkurbelumdrehungen errechnete, wenn eine vorgegebene Taktanzahl das Kürzen oder Verlängern einer Komposition erforderte.

An einem Montagmorgen, gut zwei Monate nach Anna Marias Beerdigung, wurden sie, nachdem sie an deren Grab eine Andacht verrichtet hatten, getraut. Sie erinnerte sich noch, wie Ignaz ihr mit zittrigen Fingern den schmalen rotgoldenen Ring ansteckte, wie der Hochzeitschoral von der Orgelempore herunter gesungen wurde, wie die Sträußchenverkäuferinnen im „Bären" jedem Ankommenden ein Sträußchen anhefteten und die Kuchen- und Gutselekrämer ihre Tische aufstellten.

In der Nacht strich der Wind draußen durch die Kirschbäume.

Ihr Körper sei die einfache Antwort auf die Frage, was ihm so gefehlt habe, sagte er. Es sei ein seltsames Gefühl, etwas in den Armen zu halten, und sich immer noch danach zu sehnen.

„Du bist dünn geworden." Er stellte die Veränderungen fest, die fehlenden Pölsterchen um die Hüften, die großen Brüste ein wenig kleiner. Vom Alleinleben, dachte er, als er eine Brustwarze mit den Lippen umschloss und die andere Brust an seine

Wange presste. Das Neue, einen vertrauten Körper wieder zu sehen und wieder zu fühlen, bewirkte, dass beide einige Minuten lang nicht mehr viel tun konnten, als den anderen auf Armeslänge von sich zu halten.

„Hörst du! Der Wind!“, flüsterte er, und seine Hände waren überall auf ihrem Körper, jeder Teil von ihm hellwach und unruhig.

Sie strich mit beiden Händen über sein Schlüsselbein, seinen Brustkorb abwärts, und die Matratze, auf der Wochen zuvor noch Anna Maria gelegen hatte, intonierte ihr eigenes knarzendes Lied.

Wenn man alt genug ist, sucht man in allem die Wahrheit, auch im Bett.

Die meisten Menschen logen einander etwas vor, waren künstlich gefühlvoll und nahmen sich vom anderen, was ihnen gefiel. Und wussten dabei nicht, dass das alles nicht Liebe war. Liebe, wusste sie, gibt das Ganze und verlangt das Ganze.

Schon am Tag darauf drang wieder ein Streitgespräch aus der Werkstatt, und Ignaz kam wutentbrannt zur Küchentüre herein, setzte sich breitbeinig auf einen der Stühle und strich sich nachdenklich mit der Hand durchs Haar.

„Vater und Söhne sind sich ein weiteres Mal nicht einig“, sagte er, als sie nach dem Grund der Aufregung fragte. Es ginge wieder einmal um den Klang. Mit dem Verengen des Querschnitts oder der Weite einer Pfeife nähmen die Obertöne an Anzahl und Stärke zu, sagte er. Daraus entstehe ein schärferer Klang. Der Charakter der Pfeife würde mehr streichend, also den Streichinstrumenten ähnlich. Dem sei aber dagegen zu halten, dass dadurch die Tragfähigkeit geringer würde, doch dieser Dickkopf von Andreas wolle es partout nicht einsehen.

„Herrgott!", sagte er. „Das muss ihm doch einleuchten, bei einer weiten gedeckten Pfeife sind die Oberwellen nur schwach ausgebildet, dadurch klingt sie weich!"

Oft stritten sie sich auch darum, welche Lautstärke einer Orgel angemessen sei. Andreas sann darüber nach, eine Orgel zu machen, die das Bodenkarussell begleite, denn ein Karussell mit Musik, sagte er immer, müsste doch ein Heidenspaß sein.

Zur Kilbi war die große Stube geputzt und getüncht, Tags zuvor hatte sie mit der Dienstmagd Berge von fetten Küchle gebacken. Sollte der ganze Mehlvorrat draufgehen, dachte sie und holte noch die größten Schinken aus der Räucherkammer. Der Gallibauer hatte die fettesten Schweine geschlachtet und brachte Würste und Gesalzenes vorbei.

Maria Anna war im Juni im Kindsbett gestorben. In Trauerkleidung besuchte die vollzählige Familie ihr Grab als auch das der Mutter und der verstorbenen Geschwister.

Nach der Kirche wurde im Herrgottswinkel die Hauptmahlzeit des ganzen Jahres aufgetragen und gebetet. Löffel und Gabeln wurden aus den an der Wand angebrachten Lederösen, das Messer aus der Tasche gezogen, und dann wurde zugegriffen. Der gewürzten dicken Nudelsuppe folgte Sauerkraut mit Schweinernem, darauf wurde Rindfleisch mit Meerrettich und Salat aufgetischt, und dann erst wurde die große Schüssel mit Schäufele samt Kraut hereingetragen. Zum Kaffee gab es Küchle mit gekochten Hutzeln und Strüble.

Doch so sehr Barbara sich auch Mühe gab, es allen Recht zu machen, ließen Andreas und Xaver keine Gelegenheit aus, ihr zu zeigen, dass sie den Entschluss des Vaters nicht guthießen, ausgerechnet sie, die sie immer wie eine drohende Wolkenwand über ihrer Kindheit geschwebt habe, in ihr Elternhaus zu holen.

Sie stand in der Küche und las die Scherben des Mostkruges zusammen, der ihr aus den fahrigen Händen geglitten war und wischte sich dabei mit dem Handrücken Tränen aus dem Gesicht, als Ignaz, der jüngste seiner Söhne, neben ihr stand und sie aus den Augenwinkeln beobachtete. Sie hatte ihn zuerst gar nicht wahrgenommen. Dann spürte sie, wie sich plötzlich seine kurzen Arme um ihre Hüfte schlangen und wie sich sein Kopf an ihren Bauch schmiegte. Sie schluchzte laut auf, bückte sich zu dem Jungen und drückte ihr heißes Gesicht an seine Wangen. Mit dem Zipfel ihrer Schürze wischte sie ihm und sich die Tränen weg.

Am Abend im „Bären“ stieß Fidel Heer zu ihnen. Er hatte für die Uhrmacher Kapuziner geschnitzt und Mäher, Metzger und Ziegenböcke, immer wieder dieselben Figuren, bevor ihm Ignaz auftrug, Männle für seine Orgeln zu machen. Seine beiden Söhne habe er nach München an die Akademie für Bildende Künste geschickt, um beim Bildhauer Ludwig von Schwanthaler Unterricht zu nehmen, berichtete er stolz. Von Schwanthaler arbeite für König Ludwig. Und dann nahm der Mann, der einen besonders fein-

und kunstsinnigen Eindruck auf sie machte und dessen Name sie unbekannterweise durch all die Jahrzehnte begleitet hatte, sie, die Bruderin, im Gedränge des „Bären" zur Seite und betrachtete jeden ihrer Gesichtszüge. Er lächelte, als er sagte, er habe immer noch in den Ohren, wie Bruder ihm damals die Dame seines Herzens geschildert habe und wie schwärmerisch seine Stimme dabei geklungen habe.

Er brauche demnächst wieder eine neue Schauspieltruppe, fiel ihm Ignaz ins Wort, etwas ganz Neues, das noch niemand gesehen habe. Als habe er die Antwort darauf gefunden, deutete ihm Fidel Heer mit einer Kopfbewegung an, dass der eitle, in die Jahre gekommene Geiger, der von Tisch zu Tisch zog, um dem Weibervolk mit allerlei Possen den Hof und sich selber zum Affen zu machen, die geeignete Figur sei. Sie hatte Mühe das Lachen zurück zu halten, als der Geiger plötzlich vor ihr stand und sie anschmachtete. Während er sich bei einem Walzer für sie fast die Seele aus dem Leib spielte, ahnte er nicht, dass er bald als fiedelnder Affe auf Ignaz Blasius Bruders Orgel aufspielen und schaulustiges Volk unterhalten würde.

„Du könntest dich doch einmal selbst auf deine Bühne stellen", fiel ihr ein, während die Bärenwirtin ihnen Most nachschenkte.

„Als fiedelnder Affe?"

„Als Schlangenvorführer!", sagte Fidel Heer scherzend, doch Ignaz' Blick wurde plötzlich ernst.

„Wenn mir der Vater doch damals die Geige hätte kaufen können", sagte er sentimental. „Ich hätte so gerne Geige gespielt."

„Ich mache einen Stehgeiger im schwarzen Frack

aus dir“, sagte Fidel Heer, „wie man ihn in den eleganten Salons antrifft.“

Bald darauf nahm Ignaz sie in Heers Werkstatt in Vöhrenbach mit. Der Duft von Holz, Leim und Farbe empfing sie. Über den Werkbänken hingen Schnitzmesser, Bohrer, Meisel, Laubsägen, Pinsel und andere Werkzeuge, die sie noch nie gesehen hatte. Sie stand vor Regalen mit Musterfiguren, an denen die Gesellen Maß zu nehmen hatten, mit unzähligen in Holz geschnitzten Köpfen, mit Armen und Beinen und Rössern in den unterschiedlichsten Größen und Arten. Soldaten standen in Reih und Glied, als müssten sie auf der Stelle losmarschieren. Doch Rösser und Soldaten, Musikanten, Harlekine, Trinker und Tanzpaare bewegten sich erst in Ignaz’ Händen.

„Ich weiß, dass du es bist“, sagte er, als sie ihm, halb im Türrahmen versteckt, über die Schulter sah, wie er durch seine feine Mechanik Schauspieler aus ihnen machte. „Ich kann mich nämlich nicht konzentrieren, wenn du in meiner Nähe bist!“

Er hantierte geschickt mit Blechhebeln, Stelldrähten und Stellstangen, Achsen, Ösendrähten und Schnurrädern, mit Kurvenscheiben und Setzwellen, um die Figuren mit dem Kopf nicken zu lassen, mit den Augen rollen, sie den Unterkiefer und die Arme heben und senken zu lassen, sie aus einer Flasche einschenken und das Trinkglas heben oder sie trommeln zu lassen. Die filigrane Arbeit am Auge erforderte Uhrmacherwerkzeug. Beim Knödelfresser war ein Knödel an einem kaum sichtbaren Draht aufgehängt, der um einen Drehpunkt kreiste. Er berührte dabei einen Zinken der Gabel und hob auf diese Weise die Gabel und den rechten Arm des Bauern an. Ein Stift bewegte eine Kurvenscheibe unter dem Unterkiefer, so dass er sich zum Aufnehmen des Knödels öffnete. Mit dem Kiefer waren über Drähte die Augen verbunden, die während des Hochhebens des Knödels diesen gierig verfolgten.

Das größte Aufsehen erregten die Figuren in farbenprächtigen Gewändern, Händler und Herrscher aus dem Orient, wie sie in der Kirche an der Krippe standen. Während des Spiels hoben sie meistens erhaben den rechten Arm.

„Vor noch nicht zu langer Zeit“, erzählte Ignaz, während er einen Muselmanen montierte, „lebte bei Neustadt im Schwarzwald ein Uhrenhändler namens Mathias Faller. Weil er aus der Compagnie seiner Brüder ausgeschlossen wurde, ging er auf eigene Faust auf den Uhrenhandel. Er reiste über Wien nach Konstantinopel, wo er dem Großkonsul des Osmanischen Reiches eine besondere Uhr schenkte. Diese Uhr, auf der ein Muselman die Augen rollen und die Kinnlade klappen ließ, beeindruckte den Großkonsul so sehr, dass er ihm das Handelsmonopol für das ganze Osmanische Reich zum Geschenk machte. Mathias Faller wurde ein steinreicher Mann. In Konstantinopel ließ er sich einen Palast am Bosporus bauen. Hin und wieder besuchte er seine Heimat. Dann trug er Turban und farbenprächtige orientalische Kleider. Eines Tages aber fand man ihn, die Kehle durchschnitten, ermordet in seinem Palast liegen.

Die Hauptrolle auf seiner Bühne jedoch hatte Napoleon.

„Die einfachen Leute sind von ihm begeistert", sagte er. „Napoleon hat die großen Ideen der Französischen Revolution zu uns herübergebracht und die Kleinstaaterei abgeschafft." Man würde noch lange von ihm reden, meinte er mit einem Anflug von Lächeln. Und – Vive la France! – sie wusste, der Duft der von den „Soeurs Macarons", von den Makronenschwestern von Mirecourt, gebackenen Mandelmakronen, zog ihm wieder durch den Sinn.

„Sie schmecken am besten, wenn sie außen spröde-knusprig und innen saftig-weich sind", sagte er dann, und das Wasser lief ihm dabei im Munde zusammen. Er erzählte ihr von Nancy, das einen Katzensprung von Mirecourt entfernt lag, wo ›Le Bon Roi Stanislas‹ wirkte, der gute König Stanislav, und im ganzen Land die Mirabellen zu den Fenstern hineinwuchsen.

„Der gute König Stanislas?", fragte sie verwundert.

„Der König von Polen!", gab er ihr zur Antwort. „Als er aus Polen vertrieben wurde, hat ihm sein Schwiegersohn Louis XV. das von Österreich eingetauschte Lothringen geschenkt."

Mit dem guten König Stanislas hatte sich wieder Madame Pompadour, Louis XV. einstige Geliebte, in ihre Gespräche eingeschlichen. Nur sie beide wussten um das Geheimnis der kleinen dicken Landpomeranze, die auf Ignaz' Orgel tanzte.

Eines Abends, als sie im Bett lagen, Ignaz hatte an diesem Tag bei Fidel Heer einen Afrikaner in Auftrag gegeben in knapper, doch reich verzierter und mit Goldschmuck versehener Kleidung, fiel ihm die

Geschichte von Machbuba ein. Die dunkelhäutige blutjunge Schönheit aus dem Sudan sei von Fürst Pückler auf dem Sklavenmarkt in Afrika gekauft worden. Danach sei sie seine Sklavin und Reisebegleiterin geworden, seine Krankenpflegerin und Geliebte. Die von ihm geschiedene Fürstin jedoch sei nicht begeistert gewesen, als sie erfuhr, dass er von seiner sechsjährigen Reise mit der afrikanischen Geliebten zurückkehren wollte. So sei Fürst Pückler mit Machbuba zunächst in Wien geblieben, wo sie ihres freundlichen und klugen Wesens wegen die feine Gesellschaft bezauberte. Doch bald habe das Mädchen rauschende Bälle gemieden, weil sie sich, an höhere Temperaturen gewöhnt, stark erkältet hatte. „Diese Geschichte nimmt ein tragisches Ende", sagte er. Machbuba sei an Tuberkulose gestorben. Fürst Pückler habe nicht an ihrer Beerdigung teilnehmen können, weil ihn seine ehemalige Gemahlin zurückgehalten habe. Zwei Tage später erst sei er an ihrem Grab gestanden, das er auch in den Nächten darauf aufgesucht habe.

„›Machbuba‹ heißt ›Mein Liebling‹", sagte er.

Sie lag schweigend neben ihm. Er begann sie zu küssen, ihr Gesicht, ihren Hals, und über ihr Haar zu streichen, warm und zärtlich.

„Nachts lag ich meistens wach", sagte er ganz nah an ihrem Ohr. „Wenn ich den Wind hörte, lag ich neben Anna Maria und dachte an dich. All die Jahre."

„Der Wind", sagte sie nur. „Hörst du ihn?"

„Ich hätte es nicht ertragen, wenn du den Hugbauern geheiratet hättest." Es klang wie ein lange gehütetes Geheimnis.

„Hörst du, wie er singt, der Wind?", sagte sie.

„Er macht Musik." Es höre sich an, als würde die Dorforgel gestimmt, sagte sie nach einer Weile. Sie lauschten. Und sie lachten.

„Was war das eben für ein Ton?", fragte sie.

„Bin ich Mozart?", scherzte er. „Wenn der Wind durch die Kristalllüster gefahren ist, konnte Mozart sagen, welcher Ton es war, der dann erklang. Wenn ein Normalsterblicher seine Geige stimmt, braucht er einen Referenzton, zum Beispiel von einem Klavier. Wenn Mozart seine Geige stimmte, brauchte er keinen Referenzton. Er wusste, wann der Ton stimmte. Mozart hatte das absolute Gehör. Das ist die Fähigkeit, einen beliebigen Ton sofort zu erkennen. Schlug jemand zum Beispiel eine beliebige Taste auf dem Klavier an, konnte Mozart sofort sagen: Note d. Wir Normalsterblichen können zwar Verhältnisse zwischen Tonhöhen benennen, aber nicht blind sagen, welche Taste gerade angeschlagen wird." Als Orgelmacher könne einem ein absolutes Gehör hinderlich sein. Er sei ganz froh, nur ein geschultes Ohr zu haben.

Wie oft habe er die Silbermännischen Pfeifen betrachtet, sagte er, mehr als hundert Mal! Er kenne alles an jeder einzelnen von ihnen, scherzte er, er habe vor mehr als zwanzig Jahren die Silbermann-Orgel aus dem Offenburger Franziskaner-Kloster in die neue Peterstaler Pfarrkirche versetzt. „Der Offenburger Orgelsachverständige Gerstner wollte meine Arbeiten prüfen. So war ich zunächst gezwungen, nach dem Quintenzirkel zu stimmen. Gerstner war sehr damit zufrieden. Ich aber nicht. Ich kam ein Jahr später, als die Garantiezeit abgelaufen war, wieder nach Peterstal, um meine Bezahlung einzuholen, und stimmte die Orgel heimlich auf meine Art." Das Erstaunen über den nun sehr schönen Orgelklang sei sehr groß gewesen, fuhr er fort. Er habe das Geld bekommen und großes Lob geerntet. Schlussendlich sei dies alles jedoch der Verdienst von Pater Jakob aus Sankt Märgen gewesen. Er habe ihn auf die Probleme der Stimmungen hingewiesen, auf das Phänomen, das schon Pythagoras gekannt habe, wenn fünf Oktaven wieder zurück purzelten, landeten sie nämlich nicht beim Ursprung C. Pater Jakob habe ihn die Stimmschemata gelehrt, die es braucht, um „Wolfsquinten" zu entschärfen oder in extreme Tonarten zu legen wie GFis-Dur.

„Die Praktik lehrt alles!", ahmte sie seine Worte nach und musste doch immer wieder hören, wie sich Vater und Söhne uneins waren. Ein Violinregister würde sich schlecht mit den flötigen Begleitstimmen und Bässen verbinden, behauptete er immer, der Vater, mit der Violine verlöre die Drehorgel ihren ausgeglichenen Klang, und für Klavierholz aus amerikanischem Nussbaumholz war er auch nicht zu haben.

Oft lag er schlaflos neben ihr und stierte Löcher in die Stubendecke.

Seine Söhne hielten ihr vor, sich in das gemachte Nest gesetzt zu haben. Doch selber war keiner von ihnen mit dem Gefühl vertraut, immer wieder alles hinterfragen zu müssen und zu verwerfen, um danach wieder von vorne zu beginnen, das Gefühl, schlussendlich sich dabei selbst in Frage stellen zu müssen.

Von einem Tag auf den anderen entschied sich

Xaver, in der Werkstatt seines Bruders zu arbeiten. Andreas Ruth aus Waldkirch, ein gefälliger Mann aus armseligen Verhältnissen, ein Verwandter von Anna Maria, ging Ignaz jetzt zur Hand. Zum Dank weihte er ihn in die Kunst des Orgelbaus ein.

„Weißt du, was für mich das Allerschönste in der Werkstatt ist?" Er sah sie verwundert an.

„Sag es mir!"

„Der Augenblick, in dem du deine Orgeln signierst."

Er lachte leise auf. Es war jedes Mal ein Ereignis für sie, wenn er mit Feder und Tinte in seiner filigranen Handschrift seine Unterschrift in das Holz des Gehäuses eines seiner Werke setzte und dann, ein stolzes Lächeln im Gesicht, mit der Hand darüber fuhr.

Meistens öffnete er bei dieser Gelegenheit feierlich eine Bouteille Roten.

Jedes Mal war es wieder aufs Neue aufregend, immer wieder etwas Besonderes, wenn eines seiner Schmuckstücke die Werkstatt verließ, um in die hintersten Winkel der entlegensten Käffer Musik zu bringen und Unterhaltung. Immer hatte sie dabei Kinder vor Augen, die dann, mit einem Leuchten im Gesicht, eine Münze auf den winzigen Teller einer kleinen, in Holz geschnitzten Geldeinsammlerin legten, die sich nach der Aufführung zur Seite drehte, die Münze in einen kleinen Kasten fallen ließ und als Zeichen des Dankes mit dem Kopf nickte.

„Meister Martins Söhne haben sich umgebracht! Sie haben Gift genommen!" Wie ein Lauffeuer ging diese Nachricht das Tal hinauf und hinunter.

Von Waldkirch bis Furtwangen war es niemandem entgangen, dass die beiden, dem Alkohol verfallen, ein Lotterleben führten und durch schlecht gearbeitete Orgeln das florierende Unternehmen des Vaters zugrunde richteten.

Obwohl Ignaz zu Beginn des Jahres noch einen Lehrbuben eingestellt hatte, stand er eines Tages mitten im Sommer unter der Küchentüre, einen Arm an den Türrahmen gestemmt, um aus heiterem Himmel und dem hohlen Bauch heraus zu sagen, es sei an der Zeit, nach Waldkirch zu ziehen. In Waldkirch sei er näher an den Schaustellern, den Komödianten und Moritatensängern, den Savoyarden und den Pomeranzenhändlern. Und an den Kirchenorgeln. Es sei ein Zeichen des Schicksals, dass am ersten August in der „Krone" das frühere Forstamtshaus öffentlich versteigert würde. Gemeinsam mit Xaver trat er als Bieter auf und gab mit viertausendachthundertundfünfzig Gulden das Höchstgebot ab.

Waldkirch. Die süßen Wecken des Herrenbecks, der „Löwen", der Marktplatz, die Kirche, das Margarethenfest, die Orgelbank, das alles war ihr so vertraut, und sie wohnten mittendrin. Auch Andreas arbeitete bald in der zweistöckigen Werkstatt mit, die Ignaz für viel Geld neben dem Wohnhaus errichten ließ. Wenn sie über den Marktplatz ging, grüßten die Leute ehrerbietig, und an Josephi gaben sich in der Werkstatt, in deren Nähe der Josephimarkt stattfand, Holzhändler, Bildhauer, Schausteller, die Pomeranzenhändler, Pfeifenmacher und die Lieferanten von Draht und von Tanzwerkle die

Türklinke in die Hand, dann war das ganze Haus ein einziger großer Taubenschlag.

Sie waren Bürger dieser Stadt geworden, und als diese mussten die Söhne mit dem Vater dem Musikkorps der Bürgerwehr beitreten, das an Fronleichnam und am Geburtstag des Großherzogs aufmarschierte.

Von Waldkirch war man bald in Freiburg, wo man inmitten hoher Häuser und vornehm gekleideter Leute jederzeit auf Invaliden stoßen konnte, denen Napoleons Kriege einen Arm oder ein Bein gekostet hatten, und die – Soldatentod sei besser als Bettlerbrot singend – mit einer armselig pfeifenden Drehorgel durch die Straßen zogen. Der Ochsenwirt hatte ihr davon erzählt. Am Freiburger Münster gebe es eine Uhr, hatte ihr Ignaz mit viel Bedeutung in der Stimme gesagt, die nur einen Zeiger habe. Damals, lächelte er, als erinnere er sich an ihren Satz vom Josephimarkt, damals, als das Münster gebaut wurde, habe man nur die vollen Stunden gezählt.

„Großmutter!" Ihr Hut flog beinahe davon, und sie klatschte sich ständig mit der Hand auf den Kopf, damit er nicht wegwehte, bis sie ihn schließlich abnahm und ihren Korb darauf stellte.

„Großmutter! Der Bärenführer ist da, und er hat einen richtigen Bären an der Leine, so groß wie der Küchenkasten. Er hat sofort den Honig gerochen und hat schon das ganze Glas ausgeschleckt!"

Theresia und Adelheid, Andreas' älteste Töchter, zogen sie den Marktplatz hinauf zur Werkstatt, wo ihr Vater gerade neue Arbeiter einstellte.

„Großvater soll die Kirchenorgel reparieren, weil die beiden Orgelmacher, die sich umgebracht haben, alle Pfeifen falsch zusammengebaut haben!"

„Der Chorregent hat mich wohl für die Reparatur vorgeschlagen, und der Pfarrer hat mich um einen Kostenvoranschlag gebeten", gab ihr Ignaz später zur Antwort und winkte gleich ab. Niemals würde er die Arbeit von Martins Söhnen korrigieren. „Es verbietet sich von selbst!", meinte er nur.

Sie hätte es sich denken können.

Später, als er dem Maurermeister Willmann zu einem Preis von fünftausendeinhundert Gulden zwei noch unfertige, mit einer kleinen Werkstatt versehene Häuser abkaufte, die er sich als Ruhesitz dachte, erfuhr er von diesem, was man sich an den Stammtischen erzählte: Dass die Hofdomänenkammer ihm diese Reparatur nicht zutraue, da er sich mit dem Bau größerer Orgeln noch niemals befasst habe und die dazu erforderlichen Kenntnisse nicht besitze.

„C'est la vie!" Er versuchte das mit wenigen Worten abzutun, doch sie spürte, dass es ihn tieftraurig stimmte, und wie diese Traurigkeit jede Faser seines Körpers zu durchziehen begann.

„Großvater sagt, wenn man es zu etwas bringen möchte, dürfe man niemals aufgeben."

„Seit ich Großvater kenne, arbeitet er Tag und Nacht", sagte sie und strich Friedrich gedankenverloren über den Kopf. Er ähnelte seinem Vater Xaver sehr. Er hatte dasselbe Wesen, weich und genießerisch.

„Man muss es nur wollen", fügte sie hinzu, und die Erinnerung an den Abend am Aubach stieg wieder in ihr auf, und sie hörte Ignaz sagen, dass ihn sein Wunsch, Kunsthandwerker zu werden, wie ein Stern in die Werkstätten der Uhr- und Orgelmacher geführt habe.

„Großvater sagt, Napoleon habe auch nie geschlafen."

Sie lächelte. Was hatte man sich nicht alles von Napoleon erzählt! Irgendwo hatte sie gehört, er habe kurz vor seinem Tode gesagt: „Wenn ich den Thron wieder besteigen könnte, würde ich täglich zwei Stunden dem Gespräch mit Frauen widmen." Von ihnen habe er so vieles gelernt, das er ohne sie nicht wüsste. Und irgendwann hatte sie gehört, in der Schweiz habe jemand einen von Napoleons berühmten Hüten gefunden und seine Holztreppe damit poliert.

Man müsse wissen, was einem wesentlich, wichtig und wertvoll sei, sagte sie. Für Ignaz hieß dies, alle seine Kinder versorgt zu wissen. Keines seiner Enkelkinder sollte sich jemals vom Lehrer an den Ohren aus dem Klassenzimmer ziehen lassen müssen, weil es sich die kalten Füße in den warmen Kuhfladen hatte wärmen müssen.

„Armut macht dich klein. Sie trennt dich vom Leben!"

Er wusste, wovon er sprach.

Seinem jüngsten Sohn Ignaz überschrieb er eines der Häuser, die er vor kurzem noch erworben hatte, und das hinter jenen lag, die er als Ruhesitz umbauen ließ.

Als Katharina damit herausrückte, dass sie die Absicht habe zu heiraten, wollte er ihr und ihrem zukünftigen Ehemann ein gutes Auskommen sichern. Dem Drahtzieher Dillberger kaufte er dessen Arbeitsgebäude ab und richtete dort, neben dem dazugehörenden Wohngebäude, eine Fabrik ein, in der Maschinen zur Leinenspinnerei hergestellt werden konnten.

Beide, Ignaz als auch Katharinas zukünftiger Mann, saßen beim Kauf der Maschinen einem Hochstapler auf. Obwohl Ignaz in der „Freiburger Zeitung" für die Qualität dieser zur Leinenspinnerei hergestellten Maschinen warb, verkauften sie sich nicht.

„Ich bin bankrott!", sagte er an einem trüben Montagmorgen, und sie erkannte allein am Klang seiner Stimme, wie hoffnungslos die Lage war. Er konnte die Schuldenberge nicht mehr überblicken. Mit gesenktem Kopf saß er in der Küche, und seine Daumen fuhren nervös an den Rändern seiner Handflächen entlang, wie immer, wenn er grübelte – vor ihr saß ein gebrochener Mann.

Und dann kam dieser hartnäckige Katarrh. Er blieb den ganzen Winter über. Wenn erst die Pomeranzenhändler kämen, sagte er, ginge es wieder bergauf.

Wenn erst die Pomeranzenhändler kämen!

Epilog

Der Schnee fiel immer noch leise. Sie hörte in die Stille hinein, und da war auf einmal ein Land der Lebenden und ein Land der Toten, sie konnte es spüren, und die Brücke zwischen beiden war die Liebe. Liebe, diese deckende Farbschicht, die über der Zeit schwebt und alles verändert, was sie berührt. Sie war das einzig noch Bleibende, der einzige Sinn.

Sie hatte den Klang seiner Stimme noch in den Ohren. Gestern Abend hatte er noch gesagt, er müsse sein Sackührle reparieren, es sei plötzlich stehen geblieben.

Es fiel ihr schwer, die zitternden Finger von seinen Händen zu lösen, die sie, wie zum Gebet, ineinander gefaltet hatte, und ihr Herz klopfte, als sie nach der Taschenuhr in seiner Weste griff, die er gestern Abend über die Stuhllehne gehängt hatte, korrekt wie immer. Sie hatte schon von Vorbedeutungen gehört. Dem alten Bärenwirt sei in der Todesstunde das Glas seiner Taschenuhr gesprungen, hieß es. Die Uhr tickte. Als habe sie nie etwas anderes getan. Einen Atemzug lang behielt sie die Uhr in ihren Händen, um sie auf sein Herz zu legen, damit sich seine Seele leichter emporschwinge. Ein Uhrmacher wisse, wann die Stunde schlage, hatte er gesagt.

Er lächelte wie alle Seltsamen und Besonderen im Tode lächelten. Er wusste, dass die Sterne des Nachts ihre Füße im Genfer See baden.

„Baba", sagte sie, „baba." Sie sagte es leise, so leise, dass nur er es hören sollte. Sie war nicht von weit her. Nur aus Untersimonswald. Doch sie wusste, dass die Wiener sich dieses kleine Wörtchen beim Abschied zuwarfen. „Baba." Es klang so leicht wie ein gehauchter Kuss, wie ein kleines Versprechen. Als sei man sich gewiss, dass man sich gleich an der nächsten Ecke wieder treffen würde. Sie wusste es von Lukas Kirner, der Fürstenmaler hatte es ihm gesagt, Winterhalter, der Kaiserin Elisabeth von Österreich portraitiert hatte und die Fürstin Metternich und Königin Victoria und Kaiserin Eugénie und auch die Großherzogin.

„Baba." Sie würde den Ring nicht von seinem Finger nehmen. So zöge er sie hinterher ins Grab. Das hatte sie von den alten Leuten früher gehört.

Mit dem Handrücken wischte sie sich die Tränen aus dem Gesicht. Sie hatte jetzt nur noch sein Portrait. Doch, so schoss es ihr plötzlich durch den Sinn, Andreas könnte Anspruch darauf erheben, schließlich gab es noch ein zweites dazu, das Portrait seiner Mutter, und beide waren entstanden in einer Zeit, in der sie Ignaz nur noch von weitem sehen durfte.

Beide Portraits stammten aus der Hand von Lukas Kirner aus Furtwangen, dem älteren Bruder des berühmten Großherzoglich Badischen Hofmalers.

Kirner war ihr noch als markante, faszinierende Erscheinung in Erinnerung, als außergewöhnlich schöner und temperamentvoller Mann. Doch zuletzt war er ihr als ein ganz auf sich zurückgezogener, ernster, stiller Einzelgänger begegnet, der ein Leben lang darunter litt, keinen Lehrmeister vorweisen zu können, während sein Bruder auf den besten Kunstschulen ausgebildet worden war und einst in der Künstlerkolonie in Rom mit dem Fürstenmaler Winterhalter aus Menzenschwand bei Sankt Blasien das Zimmer geteilt hatte.

Sein Bruder, der Hofmaler, hörte sie ihn noch sagen, hielte ihn für fähiger als sich selbst. Hätte er eine gründliche akademische Ausbildung erhalten wie er, habe der Bruder gesagt, wäre er der bedeutendere Maler von ihnen beiden geworden.

Jemand klopfte an die Türe. Zaghaft. Sie würde nicht öffnen. Sie hatte ihn all die Jahre, Jahrzehnte anderen überlassen! Jetzt gehörte er ihr! Es klopfte wieder. Das Dienstmädchen stand Tränen überströmt vor ihr, einen Brief in der Hand. Dieser Brief sei soeben abgegeben worden, sagte sie, Andreas habe den Postboten bezahlt.

Ein Brief aus Sankt Petersburg! Es war Karls Handschrift! Ihre kalten Hände mühten sich, das Siegel zu öffnen. Ihre Augen flogen gehetzt über die filigranen Zeilen.

Hier, in Sankt Petersburg, sei es kalt. Sehr kalt. Es schneie unablässig. Die Reise sei beschwerlich gewesen. Könnte er nur die Paläste sehen, der Vater! Vergoldete Zwiebeltürme, endlose Flure und Räume –höher als die Dorfkirche. Und überall Lüster aus funkelndem Kristall, vergoldete Spiegel, die vom Boden bis zur Decke reichten, und kunstvoll mit Wasserkaskaden angelegte Gärten. Ihre Hände zitterten. Der Zarenhof habe ihn mit dem Posten des Hofuhrenaufziehers betraut, schrieb er. Eine Ehre, die man dadurch dem Vater zukommen lassen wolle. Denn hier, am Russischen Zarenhof, inmitten dieses

Prunks, dieser Pracht, dieses Kunstsinns, gelte Ignaz Blasius Bruder als der weltbeste aller Hersteller von Musikwerken.

Mein Gott! Sie zogen ihn den Schweizern und den Franzosen vor, schoss es ihr durch den Kopf, und sie weinte wieder, sie konnte sich nicht helfen. Hätte dieser Brief nicht einen Tag früher kommen können! Er wäre Balsam gewesen auf seine Wunden!

„Vater!“, las sie laut, und ihre Stimme bebte. „Ich bin jetzt für die Instandhaltung und die Reparatur der vielen Uhren zuständig. Ich kann Dir den Stolz nicht beschreiben, der mich erfüllt, wenn ich unter den wohl dreitausend Uhren diejenigen in den Händen halte, die mir von Deiner Kunst und Deinem Sachverstand erzählen. Immer wieder habe ich Dich vor Augen, wie Du bis in alle Nacht hinein in der Werkstatt arbeitest oder die Turmuhr unserer Dorfkirche reparierst. Und ich höre Dich sagen, der Orgelbau führe bei Dir über die Uhrmacherei, denn Uhrmacher lernten genau hinzusehen.“

Sie weinte, rang nach Luft.

Ignaz wusste, dass irgendwo in den Palästen des Russischen Zaren seine Uhren tickten und die Viertelstunde und die Stunde schlugen. Er wusste, dass sich dort in Schwarzwälder Holz geschnitzte höfische Paare zu den Melodien seiner Musikwerke drehten, er hatte ihr davon erzählt.

Es schneite noch immer. Die Schwalben würden auf sich warten lassen dieses Jahr. Der Distriktnotar jedoch würde sich durch nichts in der Welt aufhalten lassen, zur Abhaltung einer öffentlichen Schuldensammlung zu laden. Ignaz hatte einen ausgedehnten Geschäftsverkehr. Bald schon würden diejenigen, welche Anforderungen an ihn zu stellen hatten, aufgefordert werden, sich im Notariat zu melden.

Es hätte alles anders kommen können, wenn die Zeitkurven nicht eine Tendenz zu unvorhersehbaren Tänzen hätten. Am Ende stand doch nur die Frage, wie sehr man geliebt hatte.

Sie würde ihre Brüder fragen, ob sie in das Elternhaus zurückkehren könne. Als Erstgeborene hatte sie auch von zu Hause nichts zu erwarten. Doch sie würde den Brüdern ihre Hilfe in der Schneiderwerkstatt anbieten, Nähte enger machen, Knöpfe annähen. Und jedes Jahr, wenn die Schwalben Frühlingsboten oder Herbstverkünder wären, würde sie ihn sagen hören, dass zwei Töne oder Klänge unterschiedlicher Tonhöhe sich getrennt voneinander vernehmen ließen, aber ebenso gut miteinander verschmelzen könnten, so dass der eine Ton als Grundton verbliebe, der andere aber als Oberton zum ersten erschiene. Der Grundton oder Grundklang erhalte damit eine neue Klangfarbe, vorausgesetzt, der zweite Ton sei ein harmonischer Oberton.

Sie spürte eine Berührung, als streichelten seine Finger ihr Gesicht. Sie schluchzte laut auf.

„Baba!“, sagte sie leise. „Baba!“

Anhang

Die Orgelbauerfamilie Bruder

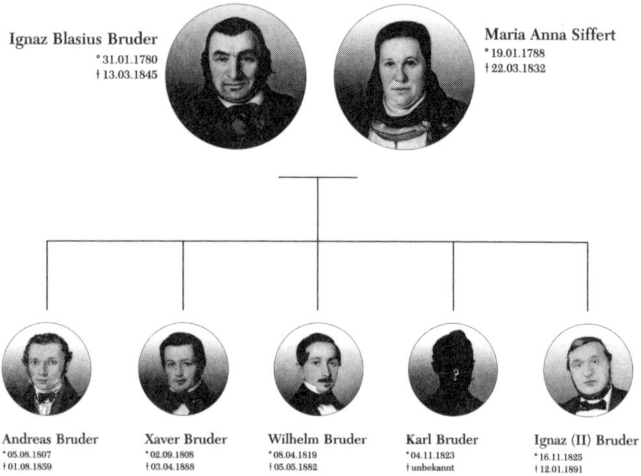

Die hohe Kunst des Orgelbaus der Ignaz Bruder Söhne lebte in folgenden Werkstätten weiter:

Fa. Gebrüder Bruder 1864 – 1937	Fa. Wilhelm Bruder Söhne 1868 – 1941
Fa. Ignaz Bruder Söhne 1890 – 1918	Fa. Alfred Bruder 1919 – 1937

Ergänzung zum Stammbaum

Ignaz Blasius Bruder (31.1.1780–13.3.1845)
Maria Anna Siffert (19.1.1788–22.3.1832)

Kinder aus der am 3. Februar 1807 geschlossenen Ehe:

Andreas	5. August 1807–1. August 1859
Franz Xaver	2. September 1808–3. April 1888
Maria Anna	11. Dezember 1809–21. Juni 1832
Joseph	25. Januar 1811–15. November 1833
Theresia	12. April 1812–29. Juli 1888
Maximilian	29. August 1813–3. Januar 1831
Wilhelm I	26. Mai 1815–29. März 1819
Franz Sales	28. Februar 1817
Wilhelm II	8. April 1819–5. Mai 1882
Katharina	11. November 1820–24. März 1896
Karl I	2. September 1822–19. Oktober 1822
Karl II	4. November 1823
Ignaz	16. November 1825–12. Januar 1891

Kind männlichen Geschlechts (14. April 1827),
es lebte nur eine halbe Stunde)

Gabriel	17. Januar 1829–18. Januar 1829

Lebensdaten

Ignaz Blasius Bruder wurde am 31.1.1780 in Unterharmersbach, einem Ortsteil von Zell am Harmersbach, als drittes von vier Kindern des beim Zeller Schmied in Diensten stehenden Johann Georg Bruder und der Maria Anna Bruder geb. Wölfle geboren.

Der Traum vom Erlernen eines Kunsthandwerks blieb ihm zunächst verwehrt. 1798 schloss er in Zell am Harmersbach seine Lehre als Maurer ab und eignete sich in den Wintermonaten das Uhrmacherhandwerk so weit an, bis er imstande war, Flötenuhren mit kleinen Orgelwerken zu bauen. Auf seiner Wanderschaft über Berge und Täler machte er sich mit den Feinheiten des Orgel- und des Drehorgelbaus vertraut. Über seinen weiteren beruflichen Werdegang können keine gesicherten Angaben gemacht werden.

Im Jahre 1804 kam er als Maurergeselle und Spieluhrenmacher nach Simonswald, wo er 1806 seine erste Drehorgel baute. Am 1. November 1826 schrieb er die dritte Fassung seines „Handbuchs der Orgelbaukunst“, ein technisches Vermächtnis für seine Söhne, die ihm im Beruf als auch im Erfolg in nichts nachstanden.

Ignaz Blasius Bruder heiratete am 3.2.1807 Anna Maria Siffert, die Tochter des wohlhabenden Schuhmachers und Schneiders Anton Siffert, die nach meinen Nachforschungen bei der Hochzeit im dritten Monat schwanger war. Sie gebar ihm fünfzehn Kinder.

Zwölf Tage vor dem Tod seiner ersten Frau räumte Bruder jedoch mit einem vorsorglichen Ehevertrag seiner zweiten Frau Barbara Disch (16.8.1785–26.4.1855), Tochter des Schneiders Mathias Disch, ein lebenslanges Wohnrecht in seinem Haus in Altsimonswald ein. Nur zweieinhalb Monate nach dem Tod seiner ersten Frau heiratete er Barbara.

Bruder starb am 13.3.1845 als Drehorgelmacher in Waldkirch. Laut Eintrag in das Kirchenbuch schied er, des Lebens müde, um sieben Uhr in der Früh, verbittert, enttäuscht und gezeichnet von den Schicksalsschlägen seiner letzten Lebensjahre, aus dem Leben.

Dieser, selbst für die damalige Zeit sehr ungewöhnliche, vorsorgliche Ehevertrag als auch die Stimmung von Bruders letzten Lebenstagen bilden die Grundlage meines Romans.

Die kleine Dame im roten Kleid, die in diesem Roman eine Rolle spielt, wird vielfach für eine Darstellung der Madame de Pompadour gehalten, der schönen, den Luxus liebenden Mätresse des französischen Königs Ludwig XV. Die Pompadour war eine „bürgerliche Karrieristin“, eine geschickte Politikerin – eine Frau von Einfluss und eine erfolgreiche Selbstdarstellerin, die schon früh die Macht der Medien für die eigene Sache zu nutzen wusste. Sie trug aufwändige Roben und prägte im Rokoko ihren eigenen Stil. Das rote Kleid der auf der Bruder-Orgel tanzenden Dame ist jedoch im Stil des Empire, den Josephine de Beauharnais, Napoleons erste Frau, verkörpert hat. Es kann sich daher bei der kleinen Dame nur um die Darstellung einer Zeitgenossin Bruders handeln.

Fidel Heer

Von besonderer Bedeutung für Ignaz Blasius Bruder und seine Nachkommen war der hoch angesehene Schnitzer Fidel Heer (1781–1862) aus Vöhrenbach, dessen Söhne später als Gebrüder Heer eine Werkstatt in Vöhrenbach betrieben, die mehrere Mitarbeiter und wohl auch Heimarbeiter beschäftigte.

Anfangs fertigte Heer nur kleinere Figuren wie Mäher, Metzger und Ziegenböcke für die einfachen musiklosen Holzuhren, später Figuren für Spieluhren.

Als Ignaz Blasius Bruders Drehorgeln Aufschwung nahmen, schuf er auch hierfür Figuren. Seine Söhne Joseph und Karl schickte er für einige Jahre nach München, wo sie bei Ludwig von Schwanthaler Unterricht erhielten, der u.a. Urheber der Bavaria auf der Theresienwiese in München ist, wie der Mozartstatue am Mozartplatz in Salzburg und des Austriabrunnens in Wien.

Wallfahrten

Der Schwarzwälder sucht in seinem christlichen Glauben nach dem Schutz der liebenden Mütterlichkeit. Den Herrgott sieht er als strengen Richter. Zur Muttergottes und den Heiligen hat er ein beinahe verwandtschaftliches Verhältnis. Von seiner Sehnsucht nach dem Daheimsein bei der Mutter zeugen die zahlreichen Muttergottes-Wallfahrtsorte. Auch das Freiburger Münster „Unserer lieben Frau“ ist der Gottesmutter geweiht.

Mein Roman erwähnt die Wallfahrtskirchen „Maria zu den Ketten“ in Zell am Harmersbach, „Mariae Himmelfahrt“ in Mariazell, das nach der Säkularisation in Sankt Märgen umbenannt wurde, wie auch das Kloster Einsiedeln in der Zentralschweiz mit seiner schwarzen Madonna, bei der die Schwarzwälder Zuflucht suchten, nachdem bei der Entstehung des Großherzogtums Baden vieles aus den Gebetbüchern verschwand, was im vormals Vorderösterreichischen Bestand hatte.

Das ursprünglich aus Lothringen stammende, um 1100 entstandene Gnadenbild in der Wallfahrtskirche „Mariae Himmelfahrt“ in Sankt Märgen zeigt eine romanische Madonna, dargestellt als thronende, dem Beter voll zugewandte, mütterliche Frau, die auf dem linken Knie ihr Kind hält. Es ist das älteste Marienbild der Erzdiözese Freiburg.

„Frauenmonat“ nennt man die dreißig Tage zwischen dem 15. August (Mariae Himmelfahrt/Großer Frauentag) über den 8. September (Mariae Geburt/Kleiner Frauentag) bis zum 15. September (Mariae Namen) – eine besonders gute Zeit zum Sammeln von Kräutern.

Zeitgeschichtlicher Hintergrund

Napoleon (1769–1821) tritt häufig auf den Drehorgelbühnen von Bruder-Orgeln auf. Er wurde vom einfachen Volk mit Begeisterung aufgenommen, da er viele große Ideen der französischen Revolution über den Rhein brachte, in Deutschland die Kleinstaaterei abschaffte und den einfachen Bürger vor den drückenden Privilegien der herrschenden Klasse befreite.

Sein Erscheinen rief jedoch den Widerstand der deutschen Fürsten hervor, die sich bemühten, im Volk den Patriotismus zu entzünden, und den Hass auf die Franzosen schürten. Napoleon wurde entscheidend vernichtet. Die Fürsten gewannen wieder an Macht.

Mit den Karlsbader Beschlüssen von 1819 schränkte Metternich die bürgerlichen Freiheiten wieder stark ein. Der freiheitliche Gedanke nahm somit erneut Gestalt an. Man erinnerte sich wieder an Napoleon. Eine Bewegung setzte ein, die im Jahre 1848 zur Badischen Revolution führte. „Verbotene“ Lieder und Gedichte entstanden, und auch das Erscheinen Napoleons auf den Bühnen der Bruder-Drehorgeln ist als eine „versteckte“ Botschaft zu werten

Im Jahre 1855 erschien eine Orgel mit der Signatur „Gebrüder Bruder“, die auf der Bühne einen einfachen Sarg zeigt. Während des Spiels der Drehorgel öffnet sich der Sargdeckel und Napoleon richtet sich im Sarg auf, hebt die rechte Hand zum Gruß nach oben und bewegt auch die Augen nach oben.

Die in diesem Roman beschriebene Bühne einer Bruder-Drehorgel, auf der die kleine Dame im roten Kleid tanzt

Straße der Waldkircher Orgeln

Danksagung

Diesen Roman habe ich mit Hochachtung vor der Kunst des Orgelbaus geschrieben.

Ich danke Orgelbaumeister *Wolfgang Brommer* von der Meisterwerkstatt für Orgelbau Jäger & Brommer in Waldkirch, dass er mir unentwegt mit seinem großen Fachwissen zur Seite gestanden ist. Ohne seine Hilfe gäbe es diesen Roman nicht.

Hans-Jürgen Wehrle aus Simonswald hat mir von Ignaz Blasius Bruders Lebensumständen in Simonswald erzählt und für mich in Kirchenbüchern und Archiven nachgeforscht. Dafür danke ich ihm.

Dr. Wolfram Metzger und *Klaus Biber* vom Deutschen Musikautomaten-Museum Bruchsal danke ich für die Bereitstellung der Informationen über die Flötenuhren und Figurenorgeln von Ignaz Blasius Bruder, die sich in der Sammlung des Museums befinden.

Meine Kenntnisse über die Schwarzwaldengländer habe ich zum Teil den Briefen des Uhrenhändlers Andreas Löffler entnommen. Zu einem weit größeren Teil jedoch gehen sie auf meine eigenen Nachforschungen zu meinem Bühnenstück „Die Schwarzwaldengländer“ zurück. Hier danke ich *Josef Saier* aus St. Märgen für seine Unterstützung.

Richard Constable, London, Nachfahre eines Schwarzwälder Uhrmachers, hat mir von seiner englischen Urgroßmutter erzählt, die seinerzeit in den Schwarzwald geschickt wurde, um das Kochen von Knödeln und Nudeln zu lernen. Auch ihm danke ich.

Heidi Knoblich wurde in Zell im Wiesental/Südschwarzwald geboren, wo sie mit Mann und drei Töchtern lebt. Sie ist Erzählerin, Drehbuchautorin, Hörspielautorin und Mitarbeiterin des Südwestrundfunks.

Es ist die Geschichte von Fanny Mayer, einer Frau, die ihrer Zeit immer einen Gedanken voraus war – eine Geschichte vom Leben und Überleben im Schwarzwald um 1900.
Fanny macht sich den Winter zum Freund und den Feldberger Hof zum Nabel der Welt.
Eine mitreißende Geschichte vor dem Hintergrund des entstehenden Fremdenverkehrs und des Skisports, der vom Feldberger Hof für ganz Mitteleuropa seinen Anfang nahm.

Heidi Knoblich
Winteräpfel
Aus dem Leben
der Feldbergmutter
Fanny Mayer
208 Seiten, gebunden
Format: 11,5 x 19,7 cm
ISBN 978-3-7806-5298-0

Natürlich kennen wir alle Mozart. Und auch das „Stanzerl", seine Frau Constanze, geborene Weber, ist uns nicht unbekannt. Doch was wissen wir wirklich über sie?
Heidi Knoblich lüftet in ihrem Buch das Geheimnis über das tragische Schicksal der Familie Weber, das eng mit dem im Südschwarzwald gelegenen Zell im Wiesental verflochten ist, wo Constanze am 5. Januar 1762 als Tochter des hochmusikalischen Amtmanns Fridolin Weber geboren wurde.
Sie erzählt von den ersten Begegnungen des jungen Mozart mit der bedrängten Familie, seiner großen Liebe zu Constanze und zeichnet deren mit Intrigen und Erfolgen gepflasterten Lebensweg bis zu Mozarts Tod nach. Der spannend erzählte Roman gibt ein überaus lebendiges Bild der Familie Weber wieder, die Mozarts Leben und Wirken stark prägte, und in deren Kreis er starb.

Heidi Knoblich
- **Constanze Mozart, geb. Weber**

Ein biografischer Roman
240 Seiten, gebunden
Format: 11,5 x 19,7 cm
ISBN 978-3-7806-3010-0

Kaufmann Verlag **www.kaufmann-verlag.de**
Postfach 22 08 · 77912 Lahr Telefax 0 78 21 / 93 90-11
Telefon 0 78 21 / 93 90-0 info@kaufmann-verlag.de

Lahr
Seelbach
Ettenheim
Herbolzheim
Kenzingen
Malterdingen
Emmendingen
Waldkirch
FREIBURG
III
Staufen